la torre oscura

(y otras historias)

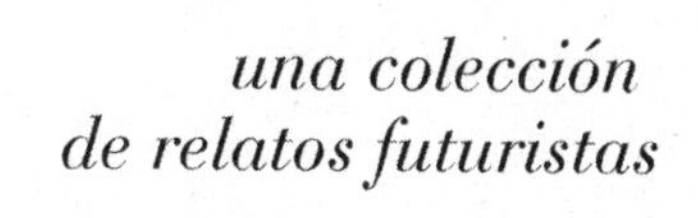
una colección de relatos futuristas

la torre oscura

(y otras historias)

C. S. Lewis

Publicado en Nashville, Tennessee, Estados Unidos de América.
Grupo Nelson es una marca registrada de Thomas Nelson.
Thomas Nelson es una marca registrada de HarperCollins Christian Publishing, Inc.
www.gruponelson.com

Este título también está disponible en formato electrónico.

Título en inglés: *The Dark Tower*

Publicado originalmente por Harvest.

Traducción: *Juan Carlos Martín Cobano y Alejandro Pimentel*
Adaptación del diseño: *Setelee*

ISBN: 978-1-40160-738-8
eBook: 978-1-40160-739-5

Número de control de la Biblioteca del Congreso: 2022943682

Impreso en Estados Unidos de América
23 24 25 26 27 LBC 5 4 3 2 1

CONTENIDO

PREFACIO

C. S. Lewis murió el 22 de noviembre de 1963. En enero de 1964 fui a pasar un tiempo con el doctor Austin Farrer y su señora en el Keble *College* mientras el hermano de Lewis, el mayor W. H. Lewis, empezaba a vaciar The Kilns (la casa de la familia) preparándose para mudarse a una vivienda más pequeña, donde más tarde me reuniría con ellos. Esa veneración, tan típica de muchos de nosotros, por los manuscritos no era algo que caracterizara a los hermanos Lewis, y el mayor, después de apartar los papeles que significaban algo especial para él, empezó a deshacerse de los demás. Así fue como una gran cantidad de cosas que nunca supe identificar emprendieron su camino hacia una fogata que ardió sin cesar por tres días. Pero, afortunadamente, el jardinero de los Lewis, Fred Paxford, conocía mi altísima consideración por cualquier cosa de las manos del maestro, y cuando le dieron una gran cantidad de cuadernos y papeles de C. S. Lewis para que los entregara a las llamas, instó al mayor a dejarlo hasta que yo pudiera verlos. Por lo que parece más que una coincidencia, ese mismo día me presenté en The Kilns y me enteré de que, a menos que me llevara los papeles esa tarde, serían efectivamente destruidos. Eran tantos que tuve que emplearme a fondo para llevarlos de vuelta al Keble *College*.

Esa tarde, mientras los revisaba, me encontré con un manuscrito que me entusiasmó. Estaba amarillo por el tiempo, pero aún perfectamente legible, y se abría con estas palabras: «Por supuesto —dijo Orfieu—, el tipo de viaje en el tiempo que aparece en los libros, el de viajes en el cuerpo, es absolutamente imposible». Unas líneas más abajo, me encontré con el nombre de «Ransom» presentado como «el héroe, o la víctima, de una de las aventuras más extrañas acontecidas a un mortal». Sabía que estaba leyendo parte de otra de las novelas interplanetarias de Lewis —*La torre oscura*, como la he titulado—, y se publica aquí por primera vez.

Quienes ya estén familiarizados con la trilogía cósmica de Lewis, *Más allá del planeta silencioso* (1938), *Perelandra* (1943) y *Esa horrible fortaleza* (1945), recordarán que la primera de estas novelas termina con una carta del ficticio doctor Elwin Ransom de Cambridge a su amigo C. S. Lewis (quien se asignó un personaje secundario en los relatos). Tras comentar que su enemigo, Weston, había «cerrado la puerta» a los viajes espaciales, termina su carta (y el libro) con la afirmación de que «el camino hacia los planetas pasa por el pasado» y que «¡Si en el futuro llega a realizarse otro viaje por el espacio, tendrá que ser también un viaje por el tiempo...!».

Durante el breve período en que fui su secretario, Lewis me dijo que en ningún momento tuvo la intención de escribir tres novelas conectadas entre sí, ni de crear lo que algunos consideran un «mito» unido y coherente. No obstante, creo que, aunque creía haberse librado por completo de sus antagonistas Weston y Devine, tenía en mente la posibilidad de una secuela de *Más allá del planeta silencioso* en la que Ransom desempeñaría algún papel y en la que tendría gran relevancia el viaje en el tiempo, como lo demuestra la clara relación entre la frase final de *Más allá del planeta silencioso* y la inicial de *La torre oscura*. De hecho, así lo confirma una carta a la religiosa (CSMV) sor Penélope, fechada el 9 de agosto de 1939, en la que dice que la «carta» que aparece al final de *Más allá del planeta silencioso* y «las circunstancias que hacen que el libro quede obsoleto» no son más que una forma de preparar una secuela. Yo creo que Lewis comenzó a escribir la historia casi inmediatamente después de terminar *Más allá del planeta silencioso* en 1938, y esto parece apoyarlo el pasaje de la página 14 en el que MacPhee, que se impacienta por la charla sobre el viaje en el tiempo, regaña a Orfieu sobre el «notable descubrimiento» de que «un hombre de 1938 no puede llegar a 1939 en menos de un año».

El manuscrito de *La torre oscura* consta de 62 hojas de papel pautado de 8'5 × 13 pulgadas, numeradas del 1 al 64. Faltan las páginas 11 y 49, y, por desgracia, la historia está incompleta. Se interrumpe a mitad de frase en la página 64, y como no he encontrado más páginas no puedo estar seguro de si Lewis la terminó o no. Como es mejor dejarlo para más adelante, he incluido en una nota todo lo que he podido conocer sobre la historia, y la agrego al final del fragmento.

Hay quienes piensan que publicar fragmentos inacabados tiene algo de crueldad porque en muchos casos no podemos ni formular hipótesis de cómo habría terminado el autor su relato. Esa es una de las razones por las que aconsejé a los fiduciarios de Lewis que por el momento se reservaran *La torre oscura*. Otra es que preveo comparaciones desfavorables con la trilogía. Por muy elevadas que sean las expectativas creadas por la pluma de Lewis, no creo que deba esperarse que un escrito como *La torre oscura* se acerque al nivel de inventiva y perfección de su magnífica trilogía cósmica. Debemos suponer que el propio Lewis lo creía así: nunca intentó publicarlo y, tomando en cuenta su gran fecundidad, me atrevo a decir que hacía tiempo que olvidó que lo había escrito. Pero hay algo que no habría olvidado: lo imprudente que sería confundir la publicación de algo que pretendía ser poco más que un entretenimiento literario con el avance de un teorema ético. No se puede decir que haya un exceso de buena ficción lúdica, y hay cosas que sería una locura tratarlas con esa desatinada gravedad que pone a la literatura al nivel de las Escrituras, pero que son un placer si se presentan como entretenimiento.

El siguiente texto de este libro, «El hombre que nació ciego», lo encontré en uno de los cuadernos que me entregó el hermano de Lewis. Es inédito y, por lo que sé, nadie lo leyó en vida del autor, con la excepción de Owen Barfield y posiblemente J. R. R. Tolkien. Aunque lamento no haber preguntado nunca a Tolkien sobre esta historia, fue interesante saber que se la mencionó al profesor Clyde S. Kilby, quien en *Tolkien and the Silmarillion* (1976) dice: «Tolkien me habló de la historia de C. S. Lewis sobre el hombre que nació con cataratas en ambos ojos. Oía a la gente hablar de la luz, pero no podía entender lo que querían decir. Después de una cirugía, recuperó algo de vista, pero aún no había llegado a comprender la luz. Entonces, un día vio una neblina que salía de un estanque [según Tolkien, era el estanque que estaba delante de la casa de Lewis] y pensó que por fin veía la luz. En su afán por experimentar la verdadera luz, se precipitó alegremente hacia ella y se ahogó» (pp. 27-28). Como en el relato no se menciona la causa de la ceguera del protagonista (de hecho, hay niños que nacen con cataratas) y este no se ahoga, lo más seguro es que Tolkien no leyera la historia publicada aquí, sino que oyera a Lewis contar una versión. Owen Barfield me dice que «El hombre que nació ciego» se escribió a finales de la década de 1920, cuando él y Lewis estaban inmersos en ese debate de la «Gran Guerra» sobre la Apariencia y la Realidad, al que Lewis se refiere en su autobiografía *Cautivado por la alegría*. Aunque la historia está perfectamente clara, la «idea» que la sustenta la llevó Lewis más tarde un poco más lejos en el ensayo «Meditaciones en un cobertizo», en el que habla de la fatal costumbre moderna de mirar siempre a las cosas, como un rayo de luz, en lugar de mirar no solo a ellas sino a lo largo de ellas a los objetos que iluminan. Otra posible motivación para el relato puede haber sido la fascinación de Lewis por la historia del ciego de nacimiento en el Evangelio de Marcos (8:23–25), donde consta que Jesús «Tomando de la mano al ciego, lo sacó fuera de la aldea; y después de escupirle en los ojos y de poner las manos sobre él, le preguntaba: ¿Ves algo? Él alzó los ojos y dijo: Veo a los hombres, pues los veo como árboles, pero que están andando. Entonces le puso otra vez las manos sobre los ojos; él miró fijamente y quedó restablecido, y comenzó a ver todas las cosas con claridad».

El señor Barfield ha dicho en su introducción a *Light on C. S. Lewis* (1965) que Lewis, algún tiempo después de mostrarle la historia «me dijo [...] que un experto le había dicho que la adquisición de la vista por parte de un adulto ciego no era en realidad la experiencia demoledora que había imaginado para el propósito de su historia. Años más tarde encontré en uno de los libros de *sir* Julian Huxley una alusión a los resultados iniciales de tal operación, que sugería que Lewis los había imaginado, de hecho, con bastante exactitud» (p. xviii). Ciertamente, Lewis siguió tratando de imaginar los resultados con mayor precisión. La historia estaba escrita en las páginas impares de uno de sus cuadernos. En las páginas pares, en un escrito posterior en algunos años, hay revisiones de las partes que describen cómo el protagonista esperaba que fuera la luz. Por desgracia, no es posible enlazar estas porciones revisadas con el resto de la versión original y he tenido que contentarme con publicar la versión original, la única versión completa que existe de esta historia.

A Lewis no le gustaba ese género caótico de relatos que recibe el nombre de literatura de «monólogo interior» —o «*flujo* de conciencia», como le he oído llamarlo— porque creía que era imposible que la mente humana pudiera ser simultáneamente observadora y objeto de sus pensamientos. Esto sería como mirarte en un espejo para ver tu aspecto cuando no estás mirando. Aun así, pensó que sería divertido fingir que estaba haciendo algo así, y el resultado es «Las tierras falsas», que apareció primero en *The Magazine of Fantasy and Science Fiction*, X (febrero de 1956), y después en su *De otros mundos* (1966).

«Ángeles ministradores» se escribió en respuesta al artículo del doctor Robert S. Richardson «The Day After We Land on Mars», publicado en *The Saturday Review* (28 de mayo de 1955). El doctor Richardson planteó la seria sugerencia de que «si los viajes espaciales y la colonización de los planetas llegan a ser posibles a una escala suficientemente grande, parece probable que nos veamos obligados a tolerar primero y al final aceptar abiertamente una actitud hacia el sexo que en nuestro esquema social de hoy es tabú... Dicho sin rodeos, ¿no sería necesario para el éxito del proyecto enviar regularmente a Marte algunas chicas bonitas para aliviar las tensiones y elevar la moral?». El tema de la divertida obra de Lewis «Ángeles ministradores» es precisamente cómo serán esas «chicas bonitas» y el tipo de «moral» que elevarán. Se publicó en *The Magazine of Fantasy and Science Fiction*, XIII (enero de 1958), y posteriormente en *De otros mundos*.

Mucho antes de que nadie pusiera el pie en la Luna, Lewis había predicho que «Aunque pudiéramos alcanzarla y sobrevivir, la Luna real sería, en un sentido profundo y mortal, igual que cualquier otro lugar [...]. Ningún hombre encontraría una extrañeza perdurable en la Luna, solo la clase de hombre que también es capaz de encontrarla en el jardín de su casa». Aparte de la, por así decirlo, extrañeza indígena que Lewis imaginó para Marte en *Más allá del planeta silencioso* y para Venus en *Perelandra*, el autor hace que Ransom se pregunte: «¿Estarían todas las cosas que aparecían como mitología en la Tierra diseminadas en otros mundos, como realidades?».

Fue en parte una respuesta a esta pregunta la que le dio a Lewis un tema para su relato «Formas de cosas desconocidas», cuyo manuscrito descubrí entre los papeles que me entregó su hermano. Es posible que Lewis haya decidido no publicarlo porque supondría que muchos de sus lectores no estarían lo suficientemente familiarizados con la mitología clásica como para entender su tesis. Sin embargo, en lugar de revelar su «tesis» y correr el riesgo de estropear el final sorpresa, he decidido reimprimir la historia tal y como apareció originalmente en *De otros mundos*.

Después de diez años es, como *La torre oscura*, un fragmento de lo que debería haber sido una novela completa, y la reimprimimos a partir de *De otros mundos*. Lewis le mencionó la idea del libro a Roger Lancelyn Green en 1959, y poco después terminó los primeros cuatro capítulos. La historia comenzó, como dijo Lewis sobre su trilogía de ciencia ficción y sobre las siete *Crónicas de Narnia* «a partir de imágenes mentales». En esa época, su tiempo y su dedicación se dirigían casi exhaustivamente a atender a su muy amada esposa, que estaba enferma. Cuando ella murió, poco después de su viaje a Grecia en 1960, la salud de Lewis estaba quebrantada, y el manantial de su inspiración —sus «imágenes mentales»— casi se secó. Sin embargo, perseveró y pudo escribir un capítulo más.

Roger Lancelyn Green, Alastair Fowler y yo, con los que Lewis comentó la historia, creímos que podía ser una de sus mejores obras y lo instamos a seguir con ella. No hubo más «imágenes mentales», pero la comezón por la escritura seguía ahí y me hizo el mayor cumplido que jamás haya recibido: me preguntó qué me gustaría que escribiera. Le pedí «una novela, al estilo de sus obras de ciencia ficción», a lo que me contestó que no había mercado para ese tipo de cosas en aquellos días. En los primeros años de la década de 1960, Inglaterra, y muchos otros países, se encontraban en las garras del «realismo de la vida cotidiana» y ni siquiera Lewis pudo prever el enorme, casi cataclísmico, efecto que las obras de fantasía de su amigo Tolkien iban a tener pronto en la literatura y en nuestra manera de entender la realidad, ni la creciente influencia que tendrían las suyas. En cualquier caso, Lewis no pudo avanzar más en su historia.

Por lo que sé, solo escribió un borrador de *Después de diez años*, cuyo manuscrito fue, también, uno de los que se salvaron de la fogata. Lewis no dividió los fragmentos en partes (ni les puso título), pero como cada «capítulo» parece escrito en un momento diferente, he decidido mantener estas divisiones que parecen naturales. Sin embargo, debo advertir al lector que lo que he titulado como Capítulo V no sigue realmente al IV. El autor estaba adelantando el final de la historia. Si la hubiera completado, tendríamos muchos capítulos entre el IV y el V.

Lewis habló con cierto detalle de esta obra con Roger Lancelyn Green y Alastair Fowler, y les he pedido que escriban sobre la conversación que mantuvieron con él. La naturaleza del relato —sobre todo el brillante «giro» que se produce al final del primer capítulo— hace imprescindible que el lector no lea sus notas hasta haber terminado su lectura.

Prefacio

Hace tiempo que muchos sueñan con ver la ficción inédita y no recopilada de C. S. Lewis en un solo volumen, que pudiera colocarse junto a todas sus otras novelas. Esas otras obras (exceptuando, por supuesto, los escritos juveniles inéditos) están al alcance de todos en inglés y también en bastantes traducciones, y constan de *Más allá del planeta silencioso*, *Perelandra*, *Esa horrible fortaleza*, las siete *Crónicas de Narnia* y *Mientras no tengamos rostro*.

Quienes tengan estos libros en su biblioteca poseerán, al añadir *La torre oscura*, la ficción completa de C. S. Lewis.

Todo libro, una vez que lo he leído y ha pasado por mis manos, me ha parecido siempre una parte inevitable de la vida, un caso abierto y cerrado, cuyos orígenes se difuminan con el paso del tiempo. Antes de que este libro siga ese proceso, quiero dejar constancia de mi deuda con mis compañeros fideicomisarios de la herencia de Lewis, Owen Barfield y el difunto A. C. Harwood, y con mis buenos amigos Gervase Matthew (también fallecido mientras se preparaba este libro), R. E. Havard, Colin y Christian Hardie, Roger Lancelyn Green y Alastair Fowler, todos los cuales conocían a Lewis desde hacía más tiempo que yo. En esta época de individualismo generalizado, no siempre es fácil que la gente crea que uno pueda mantener intacto su prestigio si pide consejo a sus superiores naturales, pero yo tengo la clara sensación de haber crecido gracias a la ayuda y la amabilidad que Owen Barfield y otros me han brindado al editar estos relatos.

Walter Hooper
Oxford

LA TORRE OSCURA

I

—Por supuesto —dijo Orfieu—, el tipo de viaje en el tiempo que aparece en los libros, el de viajes en el cuerpo, es absolutamente imposible.

Éramos cuatro en el estudio de Orfieu. Scudamour, el más joven del grupo, estaba allí porque era su asistente. Le habíamos pedido a MacPhee que viniera desde Manchester, pues de todos era conocido su empedernido escepticismo, y Orfieu pensó que, una vez convencido él, el mundo erudito en general se quedaría sin excusas para mantener su incredulidad. Ransom, el hombre pálido y de mirada gris y ojerosa, con su aspecto angustiado, estaba allí por la razón opuesta: porque había sido el héroe, o la víctima, de una de las aventuras más extrañas acontecidas a un mortal. Yo estaba un tanto desconcertado ante aquel asunto —la historia se cuenta en otro libro— y era a Ransom a quien debía mi presencia en la fiesta de Orfieu. Si se excluía a MacPhee, se nos podía describir como una sociedad secreta: ese tipo de sociedad cuyos secretos no necesitan contraseñas, juramentos ni ocultamientos, porque se mantienen de manera automática. La incomprensión e incredulidad que irremediablemente generan los protegen del público o, si se prefiere, los escudan de él. Se lleva a cabo mucho más trabajo de este tipo de lo que comúnmente se supone, y los acontecimientos más importantes de cada época nunca llegan a los libros de historia. Los tres sabíamos, y Ransom lo había experimentado, cuán fina es la corteza que protege la «vida real» de lo fantástico.

—¿Absolutamente imposible? —dijo Ransom—. ¿Por qué?

—Estoy seguro de que *usted* lo ve —dijo Orfieu, mirando hacia MacPhee.

—Adelante, adelante —dijo el escocés con el aire de quien se niega a interrumpir a los niños en su juego. Todos nos sumamos a su petición.

—Bueno —dijo Orfieu—, está claro que viajar en el tiempo significa ir al futuro o al pasado. Ahora bien, ¿dónde estarán las partículas que componen su cuerpo dentro de quinientos años? Estarán por todas partes: algunas en la tierra, otras en las plantas y los animales, y otras en los cuerpos de sus descendientes, si los tiene. Así, ir al año 3000 d. C. significa ir a una época en la que su cuerpo no existe; y eso significa, según una hipótesis, convertirse en nada, y, según la otra, convertirse en un espíritu incorpóreo.

—Pero espere un momento —dije yo, un poco inconscientemente—, no tienes por qué tener un cuerpo esperándote en el año 3000. Uno se lleva su cuerpo actual.

—¿Pero no ve que eso es justo lo que no puede hacer? —dijo Orfieu—. Toda la materia que compone su cuerpo en este momento servirá para diferentes propósitos en el año 3000.

Yo seguía boquiabierto.

—Mire —dijo—. Coincidirá conmigo en que la misma pieza de materia no puede estar en dos lugares diferentes al mismo tiempo. Muy bien. Ahora, suponga que las partículas que en este momento componen la punta de su nariz en el año 3000 forman parte de una silla. Si pudiera viajar al año 3000 y, como sugiere, llevarse su cuerpo de ahora, eso significaría que en algún momento del año 3000 las mismas partículas tendrían que estar tanto en su nariz como en la silla, lo cual es absurdo.

—¿Pero acaso las partículas de mi nariz no están cambiando todo el tiempo de todos modos? —dije yo.

—En buena medida —dijo Orfieu—. Pero eso no sirve. Si va a tener un cuerpo en el año 3000, entonces tendrá usted que tener *algunas* partículas para hacer una nariz. Y para el año 3000, todas las partículas del universo ya estarán dedicadas a otra cosa, realizando su propia función.

—En otras palabras, caballero —me dijo Scudamour—, en el universo jamás hay partículas de sobra. Es como intentar regresar al *college* después de haber salido: todas las habitaciones están ocupadas, como en su época, pero por personas diferentes.

—Eso siempre que demos por sentado —dijo MacPhee— que no hay ninguna adición real a la materia total del universo.

—No —dijo Orfieu—, solo dando por sentado que no hay ninguna adición apreciable de nueva materia a este planeta produciéndose de una forma tan compleja, y a tanta velocidad, como la que requeriría la hipótesis de Lewis. Supongo que está de acuerdo con lo que he dicho.

—Oh, por supuesto —dijo despacio MacPhee, y arrastrando la erre—. Nunca creí que existiera ningún género de viaje en el tiempo, excepto el que ya estamos haciendo todos; es decir, viajar al futuro a razón de sesenta minutos por hora, nos guste o no. Estaría más interesado en hallar la manera de *detenerlo*.

—O de regresar —dijo Ransom con un suspiro.

—Para regresar nos topamos con la misma dificultad que para avanzar, amigo —dijo Scudamour—. Es tan imposible tener un cuerpo en el 1500 como en el 3000.

Se produjo una pausa. Entonces MacPhee habló esbozando lentamente una sonrisa.

—Bien, doctor Orfieu —dijo— volveré a Manchester mañana y les diré que la Universidad de Cambridge ha hecho un descubrimiento notable; a saber, que un hombre de 1938 no puede llegar a 1939 en menos de un año, y que los cadáveres pierden la nariz. Y agregaré que sus argumentos me satisfacen por completo.

La broma le recordó a Orfieu el verdadero propósito de nuestro encuentro, y tras unos momentos de aguda pero amable discusión entre los dos filósofos nos acomodamos para volver a escuchar.

—Bien —dijo Orfieu—, el argumento que acabamos de considerar me convenció de que cualquier tipo de «máquina del tiempo», cualquier cosa que llevara su cuerpo a otro tiempo, era intrínsecamente imposible. Si queremos vivir los tiempos previos a nuestro nacimiento y posteriores a nuestra muerte, hay que hacerlo de alguna manera muy diferente. Si el asunto es posible, debe consistir en mirar a otro tiempo mientras permanecemos aquí, como observamos las estrellas por medio de los telescopios sin salir de la Tierra. Lo que uno busca, de hecho, no es una especie de máquina del tiempo voladora, sino algo que haga con el tiempo lo que el telescopio hace con el espacio.

—Un *cronoscopio*, de hecho —sugirió Ransom.

—Exacto. Gracias por la palabra; un cronoscopio. Pero esa no era mi idea inicial. Lo primero que pensé, cuando abandoné la falsa pista de una máquina del tiempo, fue la posibilidad de una experiencia mística. No sonría, MacPhee; debería procurar tener una mente abierta. En cualquier caso, yo tenía una mente abierta. Vi que en los escritos de los místicos tenemos un enorme corpus de pruebas, procedentes de todo tipo de épocas y lugares diferentes, y a menudo de forma bastante independiente, que muestran que, bajo ciertas condiciones, la mente humana tiene el poder de elevarse a la experiencia fuera de la secuencia temporal normal. Pero esto también resultó ser una pista falsa. No solo porque los ejercicios preliminares parecían extraordinariamente difíciles y, de hecho, implicaban un abandono total de la vida normal. Me refiero a que, cuanto más indagaba al respecto, más claramente veía que la experiencia mística te saca del tiempo, te lleva a lo intemporal, no a otros tiempos, que era lo que yo quería; ahora bien... ¿Qué es lo que *le* divierte, Ransom?

—Discúlpeme —dijo Ransom—. Pero es divertido, ya sabe. Tratar como un detalle menor en su formación científica la idea de que un hombre piense que puede convertirse en un santo. También podría imaginarse valiéndose de las escaleras del cielo como atajo hacia el estanco más cercano. ¿No ve que mucho antes de haber alcanzado el nivel de experiencia intemporal habría tenido que llegar a desarrollar un interés tan intenso en otra cosa (o, para ser francos, en Otra Persona) que ya no le importaría el viaje en el tiempo?

—Oh... bueno, tal vez —dijo Orfieu—. No me lo había planteado desde ese punto de vista. En fin, por las razones que acabo de mencionar, decidí que el misticismo no servía para mi propósito. Solo entonces se me ocurrió que el verdadero secreto estaba mucho más cerca. ¿Conocen las enormes dificultades que plantea cualquier explicación fisiológica de la memoria? Y puede que hayan oído que, sobre una base metafísica, hay mucho a favor de la teoría de que la memoria es la percepción directa del pasado. Llegué a la conclusión de que esta teoría era correcta: cuando recordamos, no obtenemos simplemente el resultado de algo que ocurre dentro de nuestra cabeza, estamos experimentando directamente el pasado.

—En ese caso —dijo MacPhee—, hay que destacar el hecho de que recordamos solo aquellos fragmentos que caen dentro de nuestra propia vida y que han afectado a nuestros propios organismos físicos.

(Él lo pronunciaba «arganismos»).

—Sería muy digno de destacar —respondió Orfieu— si fuera cierto. Pero no lo es. Si leyera con una mente abierta la historia de las dos damas inglesas de Trianon, MacPhee, sabría que hay constancia de al menos un caso indiscutible en el que los sujetos vieron una escena completa de una parte del pasado muy anterior a su nacimiento. Y, si hubiera seguido esa pista, habría hallado la verdadera explicación a todas las supuestas historias de fantasmas que personas como usted tienen que explicar. Y para entonces habría caído en la cuenta de que hay muchas cosas en su imagen mental de, por ejemplo, Napoleón o Pericles, que no recuerda haber leído en ningún libro, pero que, de la manera más extraña, coinciden con las cosas que otras personas imaginan sobre ellos. Pero no me extenderé sobre el asunto. Puede revisar mis notas después de la cena. Yo, en todo caso, me siento perfectamente satisfecho con que nuestra experiencia del pasado, lo que usted llama «memoria», no se limite a nuestra propia vida.

—Al menos —dije—, admitirá que recordamos nuestra vida mucho más a menudo que cualquier otra cosa.

—No, ni siquiera eso admito. Parece que es así, y puedo explicar por qué debe parecerlo.

—¿Por qué? —dijo Ransom.

—Porque los fragmentos de nuestra propia vida son los únicos fragmentos del pasado que reconocemos. Cuando se le viene a la mente la imagen de un niño llamado Ransom en una escuela pública inglesa, enseguida la califica de «recuerdo» porque sabe que usted *es* Ransom y que asistió a una escuela pública inglesa. Cuando uno se hace una idea de algo que ocurrió siglos antes de su nacimiento, lo llama imaginación; y de hecho la mayoría de nosotros hoy en día no tenemos manera de probar la distinción entre los fragmentos reales del pasado y las ficciones de nuestra mente. Las damas de Trianon pudieron encontrar comprobaciones objetivas que demostraban que lo que habían visto formaba parte del pasado real gracias a una suerte increíble. Se pueden dar cientos de casos del mismo tipo sin tales comprobaciones, y los protagonistas simplemente concluyen que han estado soñando o han tenido una alucinación, y de hecho se dan. Y luego, como es natural, no hablan de ello.

—¿Y el futuro? —dijo MacPhee—. No irá a decir que nosotros también «recordamos», ¿no?

—No lo llamaríamos recordar —dijo Orfieu—, pues la memoria implica percepción del pasado. Pero que vemos el futuro es del todo seguro. El libro de Dunne demostró que...

MacPhee carraspeó como si le doliera.

—Eso está muy bien, MacPhee —continuó Orfieu—, pero lo único que le permite burlarse de Dunne es no haber querido realizar los experimentos que él sugiere. Si los hubiera llevado a cabo, habría obtenido los mismos resultados que él, y que yo, y que todos los que se tomaron la molestia de hacerlos. Diga lo que quiera, pero el asunto está demostrado. Es tan seguro como cualquier verdad científica.

—Pero, Orfieu —dije yo—, tiene que haber algún sentido en el que *no* vemos el futuro. Es decir..., bueno, cambiemos de tema, ¿quién va a ganar la regata este año?

—Cambridge —dijo Orfieu. (Yo era el único de Oxford en la sala)—. Pero, hablando en serio, no digo que se pueda ver todo el futuro, ni que uno pueda escoger determinados trozos del futuro. No se puede hacer con el presente: usted no sabe cuánto dinero tengo en el bolsillo en este momento, ni cómo es su propio rostro; ni siquiera, por lo que parece, dónde están sus fósforos. —Me pasó su caja—. Lo que quiero decir es que, de las innumerables cosas que pasan por su mente en cualquier momento, mientras que algunas son mera imaginación, otras son percepciones reales del pasado, y otras, percepciones reales del futuro. No reconoce la mayoría de las del pasado y, por supuesto, no reconoce *ninguna* de las del futuro.

—Pero debemos reconocerlas cuando llegan, es decir, cuando se convierten en el presente —dijo MacPhee.

—¿Qué quiere decir? —preguntó Ransom.

—Bueno —dijo MacPhee— si la semana pasada hubiera tenido una imagen mental de esta sala y de todos ustedes sentados en ella, admito que *en ese momento* no la habría reconocido como una imagen del futuro. Pero ahora que estoy aquí de verdad, debo recordar que la semana pasada tuve una visión previa. Y eso nunca sucede.

—Sí sucede —dijo Orfieu—. Y explica la sensación que con frecuencia tenemos de que algo que estamos experimentando ahora ha ocurrido antes. De hecho, sucede tan a menudo que se ha convertido en la base de la religión de medio mundo, me refiero a la creencia en la reencarnación, y de todas las teorías del Eterno Retorno, como la de Nietzsche.

—A mí nunca me pasa —dijo MacPhee con firmeza.

—Quizás no —dijo Orfieu—, pero sí a miles de personas. Y hay una razón para que lo notemos tan poco. Si hay algo que Dunne ha demostrado hasta la saciedad es que existe una ley en la mente que nos prohíbe notarlo. En su libro presenta varios ejemplos en los que un acontecimiento de la vida real se asemeja a un acontecimiento de un sueño. Y lo curioso es que, si el acontecimiento real llega primero, el parecido se aprecia enseguida; pero si llega primero el sueño, simplemente lo ignoras hasta que te lo señalan.

—Esa —dijo MacPhee con sorna— es una ley realmente extraordinaria.

—Compruebe sus ejemplos —dijo Orfieu—. Son incontestables.

—Evidentemente —dijo Ransom—, tiene que haber una ley así si vamos a tener la experiencia de vivir en el tiempo. O, más bien, es al revés. Es el hecho de tener mentes que funcionan así lo que nos coloca en el tiempo.

—Exacto —dijo Orfieu—. Bien, si estamos de acuerdo en que la mente es intrínsecamente capaz de percibir el pasado y el futuro de manera directa, por mucho que eso reprima y limite el poder para ser una mente humana y vivir en el tiempo, ¿cuál es el siguiente paso? Sabemos que todas las percepciones de la mente se ejercen por medio del cuerpo. Y hemos descubierto cómo ampliarlas mediante instrumentos, como ampliamos nuestra vista con el telescopio o, en otro sentido, con la cámara fotográfica. Estos instrumentos son en realidad *órganos* artificiales, copias de los órganos naturales: la lente es una copia del ojo. Si queremos fabricar un instrumento así para nuestras percepciones del tiempo debemos saber cuál es el órgano del tiempo y luego copiarlo. Yo afirmo haber aislado lo que llamo la sustancia Z del cerebro humano. En el aspecto puramente fisiológico, mis resultados han sido publicados.

MacPhee asintió.

—Pero lo que aún no se ha publicado —continuó Orfieu— es la demostración de que la sustancia Z es el órgano de la memoria y la *pre*-visión. Y, a partir de eso, he podido construir mi cronoscopio.

Se dio vuelta y señaló un objeto que, por supuesto, había captado notablemente nuestra atención desde que entramos en la sala. Su característica más obvia era una sábana blanca de unos

120 centímetros cuadrados extendida sobre un armazón de varas como si fuera a servir para un espectáculo de linterna mágica. En una mesa situada justo delante había una batería con una bombilla. Más arriba de la bombilla, y entre esta y la sábana, colgaba un pequeño manojo o maraña de algún material diáfano, dispuesto en un complicado patrón de pliegues y circunvoluciones, que recordaba a las formas que adquieren en el aire las bocanadas de un fumador. Nos dio a entender que ese era el cronoscopio. No era más grande que el puño de un hombre.

—Prendo la luz, pues... —dijo Orfieu, y la bombilla comenzó a brillar pálida en la luz del día. Pero la volvió a apagar de inmediato y continuó—. Los rayos pasan a través del cronoscopio sobre el reflector y nuestra imagen de otro tiempo aparece en la pantalla.

Hubo una pausa de unos segundos y luego MacPhee dijo:

—Vamos, hombre. ¿No va a enseñarnos ninguna imagen?

Orfieu vaciló, pero Scudamour, que se había puesto en pie, acudió en nuestra ayuda.

—Creo que podríamos mostrarles algo ahora mismo —sugirió— siempre que les advirtamos contra cualquier decepción. Verán —añadió, volviéndose hacia nosotros—, el problema es que, en el tiempo extraño al que hemos logrado acceder, los días y las noches no coinciden con los nuestros. Ahora, aquí son las seis. Pero *allá*, o *entonces*, o como quieran llamarlo, pasa aproximadamente una hora de la medianoche, por lo que apenas verán nada. Es una verdadera contrariedad porque significa que toda nuestra observación tenemos que hacerla por la noche.

Creo que todos, incluso MacPhee, estábamos ya entusiasmados, y urgimos a Orfieu a seguir con su demostración.

—¿Dejamos la sala a oscuras? —preguntó—. Si no, verán aún menos. Si estamos a oscuras, por supuesto, cualquiera podrá luego decir que Scudamour y yo hicimos algún truco.

Se produjo un silencio embarazoso.

—Comprenderá, Orfieu —dijo MacPhee—, que no lo digo por nada *personal* contra usted...

—Está bien, está bien —dijo Orfieu con una sonrisa—. Ransom, desde ahí no verá nada, será mejor que venga al sofá. Bueno, ¿todos ven bien la pantalla?

II

Salvo por un débil zumbido, se produjo un silencio total en la sala por unos instantes, de modo que se escuchaban los ruidos de la calle y, en mi mente, el recuerdo de esa primera mirada por el cronoscopio estará para siempre asociada con el lejano rugido del tráfico del otro lado del río y la voz de un vendedor de periódicos, mucho más cerca, anunciando a gritos la edición de la tarde. Es extraño que no estuviéramos más decepcionados, ya que lo que aparecía en la pantalla no era nada impresionante. Se oscureció un poco en el centro, y por encima de la oscuridad surgió la débil insinuación de algún objeto redondo ligeramente más luminoso que la blancura circundante de la sábana. Eso fue todo; pero tardamos, creo, casi diez minutos en cansarnos de aquello. Entonces MacPhee sucumbió.

—Puede dejar la sala a oscuras, Orfieu —gruñó.

Scudamour se levantó al instante. Oímos el traqueteo de las anillas de las cortinas en las barras; las cortinas eran pesadas y tupidas; la sala se quedó sin luz y no podíamos vernos entre nosotros. La única luz era ahora la que salía de la pantalla.

El lector debe entender que no era como mirar una pantalla de cine. Era mucho más real que eso. Era como si se abriera ante nosotros una ventana, a través de la cual veíamos la luna llena y algunas estrellas; más abajo, la mole de algún edificio de gran tamaño. Había una torre cuadrada en el edificio y en uno de sus lados se reflejaba el brillo de la Luna. Creo que se podía distinguir la forma ondulada de los árboles; luego una nube pasó por encima de la Luna y por unos instantes estuvimos en la más absoluta oscuridad. Nadie habló. La nube pasó, empujada por el viento de la noche, y la Luna volvió a brillar, con tanta intensidad que algunos de los objetos de la sala se hicieron de nuevo visibles. Era tan real que yo esperaba oír el ruido del viento en los árboles y casi imaginaba que la temperatura había descendido. La voz alegre y poco impresionada de Scudamour irrumpió en el temor que empezaba a invadirme.

—No habrá nada más que ver por horas —dijo—. Allá todos duermen ahora —añadió. Pero nadie sugirió que se corrieran las cortinas para recuperar la luz del día.

—¿Sabe *cuándo* es? —preguntó Ransom.

—No podemos saberlo —respondió Orfieu.

—Observará —dijo MacPhee— que en términos de tiempo astronómico no puede estar muy lejos. La Luna es la misma, así como los árboles, por lo que podemos ver de ellos.

—¿*Dónde* está tomada la imagen? —pregunté.

—Bueno, es muy difícil determinarlo —dijo Orfieu—. A la luz del día parece que debería de estar en nuestra misma latitud.

Y, teóricamente, el cronoscopio tendría que darnos una hora diferente en el mismo lugar, es decir, en el lugar donde se encuentra el observador. Pero así los días y las noches no coinciden con los nuestros.

—No son más largos, ¿verdad? —preguntó MacPhee de repente.

—No, son iguales. Son las 2 de la madrugada, más o menos, en su horario, lo que significa que para ellos el mediodía llegará mañana sobre las 4 de la madrugada.

—¿Sabe en qué época del año están allá?

—A principios de otoño.

Mientras hablaban, las nubes seguían desplazándose sobre la cara de la Luna y se apartaban para revelar el edificio en forma de torre. No creo que ninguna revelación de un lugar lejano, ni siquiera un vistazo al paisaje de los planetas que orbitan en torno a Sirio, haya podido despertar en mí una sensación de distancia tan espectral como el lento e inofensivo avance de aquella noche ventosa, que pasaba no sabíamos cuándo.

—¿Está en el futuro o en el pasado? —pregunté.

—No se encuentra en ningún periodo conocido por la arqueología —dijo Orfieu.

Volvimos a quedarnos en silencio, observando.

—¿Tiene algún control sobre su dirección, es decir, su dirección en el espacio? —preguntó MacPhee.

—Creo que será mejor que responda usted a eso, Scudamour —dijo Orfieu—. Usted tiene mucha más práctica que yo en ese aspecto.

—Bueno —dijo Scudamour—, no es muy fácil de explicar. Si intenta girar la pantalla para captar un poco del paisaje, por ejemplo, a la izquierda de la torre oscura...

—¿Cómo dice? —dijo Ransom.

—Ah... Orfieu y yo llamamos a este gran edificio la torre oscura, por el poema de Browning, ya sabe. Verá, hemos tenido que hablar mucho de estas cosas y se hace conveniente poner nombres. Si se gira todo para tratar de ver lo que hay más a la izquierda, no se consigue nada. La imagen se sale de la pantalla y no se ve nada. Por otra parte, la vista cambia por sí sola de vez en cuando, siguiendo lo que Orfieu y yo llamamos «líneas de interés». Es decir, seguirá a alguien que sube las escaleras y entra en la torre oscura, o a un barco por un río. Una vez siguió durante kilómetros una tormenta eléctrica.

—Línea de interés... ¿de *quién*? —preguntó MacPhee, pero nadie respondió porque Ransom, simultáneamente, dijo:

—Habla usted de personas. ¿Qué clase de personas son?

—No, no —dijo MacPhee—. No empiecen a dar descripciones. Queremos que nuestras observaciones sean totalmente independientes.

—Muy bien —dijo Orfieu.

—Dice que sigue a alguien a la torre oscura —dije—. ¿Quiere decir que lo sigue hasta que desaparece dentro?

—No —dijo Scudamour—. Ve a través de las paredes y los objetos. Sé que resulta desconcertante, pero debe recordar que se trata de una memoria y una pre-visión externas o artificiales, ya que la lente es un ojo externo. Se comporta igual que la memoria, pasa de un lugar a otro, a veces a saltos, siguiendo leyes que aún no conocemos.

—Pero todo queda aproximadamente en el mismo lugar —añadió Orfieu—. No solemos alejarnos más de diez millas de la torre oscura.

—Eso no es muy propio de la memoria —dije.

—Pues no —dijo Orfieu; y se hizo el silencio.

El viento parecía anunciar tormenta en el terreno que contemplábamos. Las nubes se sucedían cada vez más rápido sobre la faz de la Luna, y a la diestra de la imagen se percibía con claridad el ondular de los árboles. Al final aparecieron pesados bancos de nubes, toda la escena se desvaneció en un oscuro gris monocromo, y Scudamour apagó la luz y descorrió las cortinas. La repentina irrupción de la luz del día nos hizo entrecerrar los ojos, cambiar de postura y tomar aire, como es propio de quienes han tenido tensada su atención.

—Las siete menos cuarto —dijo Orfieu—. Será mejor que pensemos en prepararnos para la cena. Salvo el viejo Knellie, todos están de vacaciones, así que deberíamos poder salir bastante pronto después.

Durante toda nuestra estadía en el colegio con Orfieu, su anciano colega Knellie (Cyril Knellie, el ahora casi olvidado autor de *Erotici Graeci Minimi, charla de sobremesa de una famosa cortesana florentina*, y *Lesbos: una mascarada*) supuso una gran prueba para nuestra paciencia. No sería justo mencionarlo en un relato sobre Cambridge sin añadir que Knellie era un producto de Oxford, que, de hecho, lo nutrió durante sus cuarenta años de carrera. Ahora era un hombre encogido y pálido, de bigote canoso y piel semejante a satén arrugado de mala manera; su atuendo era muy cuidado; resultaba agradable en su forma de comer; era un poco exótico en sus gestos y se le veía ansioso por ser visto como un hombre de mundo. Él era de los que te taladran con su afectuosidad, y yo era la víctima escogida. Como había estado en mi antiguo *college*, en algún momento de la década de 1890, se dirigió a mí como Lu-Lu, un sobrenombre que me desagrada especialmente. Cuando terminó la cena y Orfieu empezó a presentar sus disculpas al anciano por tener que retirarnos debido a la urgencia de nuestro trabajo, levantó el dedo índice con tanta gracia como si acabara de aprender a hacerlo.

—No, Orfieu —dijo—. No. Le he prometido al pobre Lu-Lu un poco de clarete *del bueno*, y no voy a dejar que se lo lleven ahora.

—Oh, no se moleste por mí —me apresuré a decir.

[Aquí falta el folio 11 del manuscrito, unas 475 palabras]

[...] cualquier palabra mía podría describir.

Embriagados por el cansancio, y quizá también un poco por el clarete, Ransom y yo salimos a tomar el aire. Las estancias de Orfieu se encontraban en el lado opuesto del patio. La luz de las estrellas y el dulce frescor del verano nos devolvieron el ánimo. Cobramos nueva conciencia de que detrás de ciertas ventanas, a menos de cincuenta metros, la humanidad estaba abriendo una puerta que había estado sellada desde el principio, y que, para bien o para mal, se había puesto en marcha un tren de consecuencias incalculables.

—¿Qué piensa de todo esto? —pregunté.

—No me gusta —dijo Ransom. Tras una breve pausa, añadió—: Pero puedo decirle una cosa. Ese edificio que Scudamour llama la torre oscura lo he visto antes.

—¿No cree usted en la reencarnación?

—Por supuesto que no. Soy cristiano.

Me quedé pensando un momento.

—Si está en el pasado —dije— entonces, según la teoría de Orfieu, no hay razón para que muchas personas no «recuerden» la torre oscura.

Para ese momento habíamos llegado a la escalera de Orfieu.

Supongo que nuestra experiencia en el momento de entrar a la sala debió de ser bastante parecida a la de entrar a un cine; la misma oscuridad general, la pantalla iluminada y el tener que ir a tientas para encontrar butacas libres. La diferencia con un cine estaría en el silencio fantasmal en el que transcurría la «imagen». Pero todo esto no son más que conjeturas mías a la luz de las experiencias posteriores con el cronoscopio; no recuerdo nada de nuestro acceso de esa noche en particular. Las cosas que siguieron han borrado ese recuerdo, ya que el destino eligió esa noche para lanzarnos brutalmente y sin adaptación alguna hacia algo tan impactante que, si no me hubiera preocupado de grabarlo en mi mente, a estas alturas quizás se habría borrado por completo de mi conciencia.

Voy a contarles lo que vimos siguiendo un orden que lo hará más claro, no en el orden en que realmente lo siguió mi atención. Al principio no tenía ojos más que para el Hombre; pero aquí describiremos primero la sala en la que estaba sentado.

Veíamos una cámara de piedra marrón grisácea que parecía iluminada por la luz de la mañana desde unas ventanas que no estaban en nuestro campo de visión. La sala era más o menos del ancho de la pantalla, así que podíamos ver las paredes laterales y la que estaba frente a nosotros. Las tres estaban cubiertas hasta el suelo con decoraciones en bajorrelieve. No quedaba superficie lisa ni para clavar la punta de una navaja. Creo que esa intensa saturación ornamental fue la causa principal del efecto desagradable que me produjo el lugar, pues no recuerdo nada especialmente grotesco u obsceno en ninguna figura. Pero ninguna de las figuras estaba sola. Formaban un patrón floral, pero las flores se repetían hasta hacer tambalear la mente. Por encima podía haber una pieza de combate, y los soldados eran tan numerosos como los de un ejército real; y por encima de eso una flota, cuyas velas no podían contarse, surcando un mar en el que incesantemente se levantaba una ola tras otra y cada una de ellas replicaba sin descanso el detalle de la anterior, hasta donde por fin un regimiento de escarabajos parecía marchar hacia la costa; cada uno de ellos era distinto, y las articulaciones de su armadura estaban trazadas con la precisión de un entomólogo. Mirase cuanto mirase, uno era consciente de que había más, y más aún, a su izquierda y a su derecha, por encima y por debajo, todo igualmente laborioso, reiterativo, miniaturizado, y todo igualmente solícito de una atención que uno no podía esperar dar y que, sin embargo, le costaba retener. Como resultado, todo el lugar parecía rebosante, pero no puedo decir que de vida (la palabra es demasiado tierna), sino de algún oscuro tipo de fecundidad. Era extraordinariamente inquietante.

A poco más de un metro de la parte delantera, atravesaba la sala un alto escalón, de modo que la parte más alejada formaba una especie de estrado, y en las paredes laterales de cada extremo de esta había puertas. La mitad de este estrado —la parte de nuestra izquierda— estaba protegida por una especie de media pared o balaustrada, que se elevaba como un metro veinte desde su superficie y un metro y medio desde la parte del piso más baja y cercana. Llegaba hasta el centro de la sala y allí se detenía, dejando a la vista el resto del estrado. La silla en la que se sentó el Hombre estaba en el piso inferior, frente a la balaustrada. Por lo tanto, nadie que entrara en la sala por el estrado desde la puerta de la izquierda podría verlo.

Contra la pared de la derecha, muy adelante y frente al Hombre, había un pilar achatado coronado por un curioso ídolo. Al principio apenas pude distinguir lo que era, pero ahora lo sé bien. Se trata de una imagen en la que unos pequeños cuerpos humanos culminan en una única gran cabeza. Los cuerpos, unos de hombres y otros de mujeres, están desnudos. Son muy desagradables. No creo que sea algo deliberado, a menos que el gusto del Otro Tiempo en tales asuntos difiera notablemente del nuestro. Parecen expresar más bien una visión salvajemente satírica, como si el escultor aborreciera y despreciara lo que estaba tallando. En cualquier caso, por la razón que sea, predominan las formas encogidas o hinchadas, y denotan un tratamiento gratuito de la anatomía mórbida y de los rasgos sexuales seniles.

Luego, en la parte superior, hay una enorme cabeza, compartida por todas esas figuras. Tras discutirlo a fondo con mis colegas, he decidido no intentar una descripción del rostro. Si no lo reconocieran (y es difícil transmitir con palabras el efecto de un rostro), sería inútil; por otra parte, si muchos lectores, sobre todo entre los menos equilibrados, lo reconocieran, los resultados podrían ser desastrosos. Porque en este punto debo realizar una afirmación, aunque el lector no podrá entenderla mientras no haya profundizado más en el libro. La afirmación es la siguiente: el ídolo de los muchos cuerpos sigue ahí en esa sala. La palabra «sigue» resulta engañosa en cierto modo, pero no puedo evitarla. Lo que quiero decir es que las cosas que estoy describiendo no se han acabado.

Considero necesaria toda esta descripción de la sala. MacPhee, que está a mi lado mientras escribo, dice que lo alargo tan solo para postergar el momento de describir al Hombre. Y tal vez tenga razón. No me cuesta admitir que el recuerdo desde el que escribo es muy desagradable y que se rebela con todas sus fuerzas a ser plasmado en palabras.

Sin embargo, en el aspecto general del Hombre no había nada que resultara chocante. Lo peor que se puede decir de su rostro es que era, según nuestros estándares, singularmente poco atractivo. Tenía una tez amarillenta, pero no más que la de muchos asiáticos, y sus labios eran a la vez gruesos y planos como los del bajorrelieve de un rey asirio. El rostro asomaba entre una masa de pelo y barba negros. Pero la palabra *negro* no es la más adecuada. En nuestra raza, ese amasijo rígido y pesado —que también recordaba al bajorrelieve— no se habría conseguido sin el uso del aceite, y un cabello tan negro sería, entre nosotros, brillante. Pero este cabello no mostraba ni un lustre natural ni el brillo del aceite. El suyo era un negro mortecino, como la oscuridad de una carbonera, una mera negación del color; y lo mismo ocurría con las tupidas vestiduras en las que el Hombre estaba envuelto hasta los pies.

Se sentó, en una quietud absoluta. Después de verlo, creo que no volveré a aplicar a nadie de nuestro tiempo la expresión «quietud absoluta». Su quietud no era como la de alguien dormido, ni como la de un modelo de pintor o escultor: era la quietud de un cadáver. Y, por extraño que parezca, tenía el curioso efecto de hacerte creer que esa inmovilidad habría llegado de repente, como si algo hubiera caído cual guillotina y hubiera cortado al instante toda la historia del Hombre. Si no fuera por lo que sucedió a continuación, habríamos pensado que estaba muerto o que era un muñeco de cera. Tenía los ojos abiertos, pero en su rostro no había expresión alguna; al menos, ninguna que pudiéramos interpretar.

MacPhee dice que vuelvo a alargar mi descripción sin motivo, que no hago más que dar rodeos cuando falta por describir lo más importante del Hombre. Y tiene razón. Ese absurdo anatómico, algo tan increíble, ¿cómo describirlo fríamente? Quizás usted, lector, se ría. Nosotros, no. Ni entonces, ni desde entonces, ni en nuestros sueños.

El Hombre tenía un aguijón.

Lo tenía en la frente, como si fuera un unicornio. El tejido carnoso de su frente formaba una especie de joroba que se fruncía en el centro, justo debajo del cuero cabelludo, y de él salía el aguijón. No era muy grande. Era ancho en la base y se estrechaba enseguida hasta su punta, de modo que su forma era más bien la de una espina de rosal, o la de una pirámide en miniatura, o la de un «hombre» en el juego de las damas chinas. Su textura era dura y callosa, pero no ósea. Era de color encarnado, como la mayoría de las partes de un ser humano, y parecía lubricado por algún tipo de saliva. Así es como MacPhee me dice que debo describirlo. Pero ninguno de nosotros habría soñado con decir «lubricado» o «saliva» en aquel momento: todos pensábamos lo que Ransom pensaba, y dijo:

—Goteaba veneno... La bestia... la sucia, repugnante bestia.

—¿Es la primera vez que aparece? —le pregunté a Orfieu.

—Aparece siempre —respondió en voz baja.

—¿Dónde está?

—Dentro de la torre oscura.

—¡Silencio! —dijo MacPhee de repente.

A menos que hubiera estado con nosotros en la sala a oscuras y hubiera visto al Aguijoneador, no creo que nadie pudiera imaginarse con qué desahogo, con qué movimientos de reacomodo en nuestras butacas, con qué exhalaciones de alivio, vimos que la puerta de la izquierda de la sala del Otro Tiempo se había abierto y que un joven había entrado en el estrado. Ni hubiera entendido hasta qué punto nos compadecimos de ese joven. Más de uno de nosotros confesó después que habíamos sentido un impulso irracional de advertirle del horror que estaba sentado en silencio en la silla, de gritar como si nuestras voces hubieran podido llegar hasta él a través de un siglo desconocido que se interponía entre nosotros y la torre oscura.

El joven estaba oculto de la cintura para abajo por la balaustrada; en la parte de su cuerpo que se veía estaba desnudo. Era un tipo apuesto y musculoso, bronceado por el aire, y caminaba despacio, mirando de frente. Su rostro no reflejaba especialmente inteligencia, pero tenía una expresión abierta y afable, de una serenidad que parecía originarse en algo parecido al temor religioso. Así se me presenta, al menos, cuando intento analizar mis recuerdos: en ese momento me pareció como un ángel.

—¿Qué ocurre? —le dijo MacPhee a Orfieu, que se había levantado de repente.

—Ya he visto esto antes —respondió en tono seco—. Voy a tomar el aire.

—Creo que iré con usted —dijo Scudamour, y ambos salieron de la sala. No lo entendimos en ese momento.

Mientras se producía esta conversación, el joven ya había avanzado hasta la parte abierta del estrado y bajado al piso inferior. Ahora vimos que estaba descalzo y que no llevaba más que una especie de falda escocesa. Evidentemente, estaba inmerso en algún acto ritual. Sin mirar atrás en ningún momento, se quedó inmóvil un momento con la mirada fija en el ídolo. Luego se inclinó hacia él.

A continuación, una vez reincorporado, dio tres pasos hacia atrás. Esto lo llevó a una posición en la que sus pantorrillas casi tocaban las rodillas del Aguijoneador. Este permaneció tan quieto como siempre, sin cambiar su expresión; de hecho, ninguno de los dos dio señal alguna de percibir la presencia del otro. Vimos que los labios del joven se movían como si repitiera una oración.

Entonces, con un movimiento de una rapidez tan exagerada como su inmovilidad anterior —algo así como un espasmo de libélula—, el Aguijoneador sacó las manos y agarró al otro por los codos, a la vez que bajaba la cabeza. Supongo que fue el aguijón lo que hizo que este movimiento pareciera tan grotescamente animal; era evidente que la criatura no hundía su cabeza tras una decisión, como lo haría un hombre; la ponía en posición como lo hace una cabra para embestir.

Una espantosa convulsión había atravesado el cuerpo de la víctima cuando se sintió agarrado por primera vez; y cuando la punta del aguijón penetró en su espalda lo vimos retorcerse de tormento, y su rostro se vio súbitamente cubierto por un brillo de sudor. El Hombre lo había aguijoneado al parecer en la columna, clavándole la punta del aguijón, ni rápido ni despacio, con la precisión de un cirujano. Los forcejeos de su víctima no duraron mucho; sus miembros se relajaron y pronto colgaba inerte en las garras del agresor. Pensé que la picadura lo había matado. Pero poco a poco, mientras observábamos, recobró la vida, aunque era una vida distinta. Ahora estaba parado, apoyado en sus piernas, ya no colgaba, pero tenía una postura rígida. Tenía los ojos muy abiertos y su rostro mostraba una sonrisa fija. El Aguijoneador lo soltó. Sin mirar detrás de él ni un momento, volvió a subir al estrado. Contorneándose con movimientos bruscos y espasmódicos, levantando los pies sin motivo y balanceando los brazos como si siguiera el compás estruendoso de alguna marcha abominable, continuó por el estrado y acabó saliendo de la sala por la puerta de nuestra derecha.

Casi simultáneamente se abrió la puerta de la izquierda y entró otro joven.

Para evitar contar una y otra vez algo que, una vez terminado este libro, espero borrar para siempre de mis recuerdos, puedo decir aquí y ahora que presencié este proceso unas doscientas veces durante nuestros experimentos con el cronoscopio. El efecto sobre las víctimas era siempre el mismo. Entraban en la sala como hombres, o (en pocos casos) como mujeres; salían de ella como autómatas. Como compensación —si es que puede llamarse así— podría decirse que entraban en ella como sobrecogidos, y salían todos con el mismo contoneo mecánico. El Aguijoneador no mostraba ni crueldad ni piedad. Estaba sentado quieto, agarraba, picaba y volvía a quedarse quieto, con la precisión desapasionada de un insecto o una máquina.

En esa sesión solo vimos envenenar a cuatro hombres: después vimos otra cosa que me temo que debo contarla. Unos veinte minutos después de que su último paciente hubiera abandonado la sala, el Aguijoneador se levantó de su asiento y se acercó a lo que no podíamos evitar considerar como la parte delantera del escenario. Ahora, por primera vez, lo veíamos de frente; y allí se quedó, con la mirada fija en nuestra dirección.

—¡Cielo santo! —exclamó Ransom de repente—. ¿Nos ve?

—No puede ser, no puede ser —dijo MacPhee—. Debe de estar mirando hacia la otra parte de esa sala, la parte que no podemos ver.

Sin embargo, el Aguijoneador movió lentamente los ojos, justo como si nos estuviera contando, uno por uno.

—¿Por qué demonios no vuelve Orfieu? —dije, y me di cuenta de que estaba gritando. Estaba realmente alterado.

El Aguijoneador seguía mirándonos, según parecía, o mirando a las personas de su mundo que, por alguna razón, ocupaban, en relación con él, el mismo lugar que nosotros. Aquello duró, imagino, unos diez minutos. Lo que sucedió a continuación hay que describirlo de forma sucinta y vaga. Él —o eso— comenzó a realizar una serie de actos y gestos tan obscenos que, aun después de las experiencias que ya habíamos tenido, apenas podía creer lo que veía. Si ustedes hubieran visto a un golfo y deficiente mental callejero haciendo esas mismas cosas en la parte trasera de un almacén en los muelles de Liverpool, con una sonrisa en la cara, se habrían estremecido. Pero lo peculiar del horror peculiar del Aguijoneador era que las hacía con una absoluta seriedad y con solemnidad ritual, sin dejar de mirarnos en ningún momento, o eso parecía, sin pestañear.

De repente, la escena se desvaneció y volvimos a ver el exterior de la torre oscura, el cielo azul y las nubes blancas.

III

Al día siguiente, sentados en el jardín de los colegas, confeccionamos nuestro programa. La falta de sueño y la dulzona suavidad del final del verano nos tenían sumidos en un estado de languidez. Las abejas zumbaban en las dedaleras y un gatito, que se había colocado *motu proprio* sobre las rodillas de Ransom, estiraba las patas en un vano esfuerzo por atrapar, o tocar, el humo de su cigarrillo. Elaboramos un horario para turnarnos como observadores ante el cronoscopio. He olvidado los detalles, ya que los que no estábamos de turno nos dejábamos caer con tanta frecuencia para compartir la guardia, o íbamos porque nos llamaban para ver algún fenómeno de especial interés, que toda esa quincena la tengo confusa en mi mente. El *college* estaba tan vacío que Orfieu había podido encontrar dormitorios para todos nosotros en su propia escalera. Todo, excepto las escenas del cronoscopio, me viene a la memoria como un vago caos de llamadas a medianoche y desayunos a mediodía, de bocadillos a altas horas, baños y afeitados en horarios intempestivos, y siempre, como telón de fondo, ese jardín que, a la luz de las estrellas o del sol, muy a menudo parecía nuestro único vínculo con la cordura.

—Bien —dijo Orfieu, mientras terminaba de leer en voz alta el horario corregido—. Resuelto. Y no hay razón para que no se tome un par de días libres al final de la próxima semana, Scudamour.

—¿Se va? —dije.

—No —dijo Scudamour—. Mi prometida va a venir... Claro que podría retrasar su visita a octubre.

—Qué va, hombre, ni hablar —dijo MacPhee—. Si ha estado vigilando a esos demonios todo este tiempo, querrá un cambio de aires. Mándelo salir el fin de semana, Orfieu.

Orfieu asintió y luego sonrió.

—¿No le gustan? —preguntó.

—Confieso que no hay que mezclar los gustos con la ciencia —dijo MacPhee; y luego, tras una pausa, continuó—. Ojalá supiéramos si está en el futuro o en el pasado. Pero no puede ser el pasado. Seguro que quedarían reminiscencias de esa civilización. Y si es el futuro..., Dios, pensar que el mundo llegue a *eso*, y que no podemos hacer nada que lo impida.

—No creo —dije— que los arqueólogos conozcan ni la mitad de lo que usted afirma. Al fin y al cabo, si se dejan ollas y cráneos para que los desentierren es por pura casualidad. Es posible que hayan existido docenas de civilizaciones que no hayan dejado rastro.

—¿Qué opina, Ransom? —dijo Orfieu.

Ransom estaba sentado con la mirada gacha y jugando con el gatito. Estaba muy pálido y al responder no levantó la vista.

—A decir verdad, me temo que las cosas que estuvimos viendo anoche pueden estar en el futuro de cualquiera de nosotros —comentó. Luego, al ver que no entendíamos, añadió con visible desgana—: Creo que la torre oscura está en el infierno.

El comentario podría haber pasado, al menos entre algunos de nosotros, por una inocua excentricidad, pero supongo que las experiencias de la noche anterior nos habían dejado en un estado ligeramente anómalo. Por mi parte, recuerdo haber sentido en ese momento —momento que ha resultado ser inolvidable— una intensa rabia contra Ransom, combinada con un torrente de pensamientos incontroladamente inusuales y arcaicos; pensamientos sin nombre, y sensaciones que parecían surgir de un pasado remoto, casi prenatal. Orfieu no dijo nada, pero golpeó contra el armazón de su tumbona con tanta violencia que se rompió, y arrojó los fragmentos con una maldición. MacPhee emitió uno de sus gruñidos guturales y se encogió de hombros. Incluso Scudamour miró por debajo de su nariz como si alguien hubiera cometido una indecencia, y comenzó a tararear una melodía. Se palpaba un odio profundo en el ambiente. Ransom seguía acariciando al gatito.

—Eso sí —dijo MacPhee en seguida—, en ningún caso estoy admitiendo que esas cosas estén en el pasado o en el futuro. Es posible que todo sea una alucinación.

—Es usted libre de realizar las investigaciones que guste —dijo Orfieu con una rudeza que me pareció tan innecesaria que respondí (mucho más alto de lo que quería):

—Nadie habla de investigaciones. Ha hablado de alucinación, no de truco.

—No fuimos nosotros los que insistimos en poner la sala a oscuras, señor —me dijo Scudamour con gélida cortesía.

—¿Qué demonios está insinuando? —pregunté.

—Es usted quien hace insinuaciones, señor.

—Yo no estoy haciendo nada de eso.

—¿Qué diablos les pasa a los dos? —dijo MacPhee—. Están hoy como una panda de colegiales.

—Fue el señor Lewis quien utilizó por primera vez la palabra *truco* —dijo Scudamour.

MacPhee estaba a punto de responder cuando de repente Ransom comentó con una sonrisa:

—Lo siento.

Luego, dejando tranquilamente al gatito, se levantó y se alejó. Su estrategia funcionó admirablemente. Los cuatro que quedamos nos pusimos enseguida a discutir las peculiaridades de Ransom y en pocos minutos habíamos recuperado el buen humor.

Sería inútil presentar una narración continua lo que vivimos y observamos desde ese momento hasta la noche en que comenzaron nuestras verdaderas aventuras. Me contentaré con dar cuenta de dos o tres cosas que ahora parecen importantes.

En primer lugar, nos familiarizamos con el exterior de la torre oscura a la luz del día. Nos dimos cuenta de algo que la noche había ocultado durante mi primera visión de ella: el edificio estaba incompleto. Tenía andamios montados y había cuadrillas de obreros que trabajaban afanosamente en él desde el amanecer hasta el ocaso. Todos eran del mismo tipo que el joven al que vi siendo automatizado por el Aguijoneador y, como él, no llevaban más ropa que una falda corta de algún tejido rojo. Nunca he visto obreros con tanta energía. Parecían moverse como hormigas a toda prisa en su tarea, y la característica más notable de toda la escena era la acelerada complejidad de sus multitudes en movimiento. El telón de fondo de sus actividades era el territorio llano y bien provisto de madera que rodea la torre oscura; no había más edificios a la vista.

Pero los obreros no eran los únicos personajes de la escena. De vez en cuando se veía invadida por lo que parecían ser soldados o policías: columnas de hombres que se pavoneaban con una mueca de sonrisa y cuyos movimientos mecánicos dejaban claro que el aguijón había obrado en ellos. Al menos, su comportamiento era como el del joven obrero después de su picadura, y dedujimos que su comportamiento se debía a la misma causa. Además de las columnas en desfile, había siempre unos pequeños grupos de estos «Espasmódicos», como los llamábamos, apostados aquí y allá, al parecer para supervisar las obras. La comida del mediodía para los obreros la traía una compañía de Espasmódicas. Cada columna tenía sus banderas y su banda, y esos grupitos incluso solían contar con algún instrumento musical. Para nosotros, por supuesto, el mundo del Otro Tiempo estaba en absoluto silencio, pero, en realidad, entre las bandas y el ruido de los obreros, debía de ser un jaleo. Los de los grupos llevaban látigos, pero nunca los vi golpear a los obreros. De hecho, los Espasmódicos parecían ser populares y cuando llegaba una de sus compañías más grandes solían recibirla con una breve pausa en la actividad y con gestos que hacían suponer vítores.

No recuerdo cuántas veces habíamos estudiado esta escena antes de empezar a fijarnos en el hombre al que llamábamos «el doble de Scudamour». Fue MacPhee quien le puso ese nombre. Dos hombres, cerca de la parte frontal de nuestro campo de visión, estaban dedicados a serrar un bloque de piedra, y creo que todos estuvimos un rato desconcertados por algo indefinidamente familiar que veíamos en el rostro de uno de ellos. Entonces el escocés gritó de repente:

—Es su doble, Scudamour. Mírelo. Es su doble.

Una vez hecha la afirmación, no había quien la negara. Uno de los obreros era más que parecido a Scudamour: *era* Scudamour, idéntico en cada uña, en cada pelo, y la expresión misma de su rostro, cuando levantó la mirada para hacerle un comentario al otro aserrador, era la que todos habíamos visto en la cara de Scudamour una docena de veces esa misma mañana. Uno o dos de nosotros intentamos tomárnoslo a broma, pero creo que Scudamour se sintió incómodo desde el principio. No obstante, lo bueno de la situación era que hacía más interesantes estas escenas de ajetreo rutinario (que a menudo ocupaban el cronoscopio por horas). Localizar al Doble entre la multitud y seguirlo adonde fuera pasó a ser nuestro entretenimiento; y cuando alguno volvía a las sesiones después de una ausencia, su primera pregunta solía ser «¿Qué tal el Doble?».

De vez en cuando la escena cambiaba, de forma parecida a como cambia en la imaginación. Nunca descubrimos por qué. Incapaces de resistirnos, nos encontrábamos de repente de nuevo en la cámara del Aguijoneador, y de ahí nos llevaban a las salas tipo barracón donde veíamos comer a los Espasmódicos, o quizás a algún pequeño cubículo con forma de celda donde un obrero cansado yacía dormido, y de nuevo a las nubes y las copas de los árboles. A menudo mirábamos durante horas cosas que la repetición ya había dejado sin interés, y éramos tentados con rápidos atisbos de lo que era nuevo e interesante.

Durante todo este tiempo, ninguno de nosotros dudó de que estábamos viendo un futuro lejano o un pasado lejano, aunque MacPhee a veces se sentía con el deber de señalar que esto aún no estaba probado. Aun así, ninguno de nosotros se había dado cuenta de lo más obvio de las escenas que estábamos presenciando.

En cuanto a este descubrimiento, estamos en deuda con MacPhee; pero antes de contarlo hay una escena más que contar. En lo que a mí respecta, todo comenzó cuando miré en el «observatorio», como llamábamos ahora al pequeño salón de la casa de Orfieu, antes de irme a la cama una madrugada, a eso de las cinco. Scudamour estaba de guardia y le pregunté, como siempre, cómo le iba al Doble.

—Creo que se está muriendo —dijo Scudamour.

Miré la pantalla y vi enseguida lo que había querido decir. Todo estaba muy oscuro, pero a la luz de una linterna pude ver que teníamos ante nosotros el interior de una de las pequeñas celdas de la torre oscura. Había una cama baja y una mesa, y apenas nada más. En la cama había un hombre desnudo sentado, que inclinaba la cabeza hasta casi tocar las rodillas, al mismo tiempo que se llevaba las dos manos a la frente. Mientras miraba, se enderezó de repente como alguien en quien un periodo de tenaz resistencia ha dado paso a un dolor ya intolerable. Se levantó y miró a su alrededor; tenía el rostro blanco, con una marcada expresión de sufrimiento, pero lo reconocí: era el Doble. Dio dos o tres vueltas por el cuarto y en seguida se detuvo ante la mesa para beber de una jarra con avidez. Luego se giró y buscó a tientas en el respaldo de su cama. Encontró allí un trapo, lo mojó en la jarra y se lo apretó, chorreando agua, contra la frente. Repitió el proceso varias veces, pero no parecía darle alivio, ya que acabó arrojando el trapo con un gesto de impaciencia y se estiró en la cama. Un momento después, estaba de nuevo doblado, agarrándose la frente y rodando de un lado a otro, con los hombros temblando como si sollozara.

—¿Hace mucho que está pasando esto? —pregunté.

—Sí, bastante.

Hubo una pausa.

—Pobre diablo —estalló Scudamour—. ¿Por qué no hacen nada por él? ¿Por qué no va a buscar ayuda? Dejarlo así... ¡qué asqueroso es ese Otro Tiempo!

Desde luego, era muy doloroso tener que ver a un semejante, por muy lejano que fuera, sufriendo así y no poder hacer, ni siquiera decir, nada para aliviarlo. Todo era tan real, tan parecido a lo que estaba ocurriendo en la misma sala, que ambos sentimos cierta culpa por quedarnos como meros espectadores pasivos. Al mismo tiempo, me sorprendió la inusual energía de la voz de Scudamour, en la que incluso se apreciaba una pizca de histeria. Me dejé caer en la silla junto a él.

—Ojalá nunca hubiéramos empezado con este infernal cronoscopio —dijo en ese momento.

—Bueno —dije—, supongo que usted y Orfieu ya han tenido suficiente.

—¡Suficiente...!

—Mire, no deje que lo saque de sus casillas. Dado que no podemos hacer nada por ese pobre hombre, no veo que tenga sentido observarlo toda la noche.

—En el momento en que me retire, la escena podría cambiar.

—Bueno, me quedaré. No tengo mucho sueño.

—Yo tampoco. Y no es que me desquicie, es que tengo un dolor de cabeza tremendo. Gracias de todos modos.

—Bueno, si le duele la cabeza será mejor que se vaya.

—No es en sí el dolor de cabeza... no hay que darle tanta importancia. No. Pero me duele justo aquí.

Olvidó que en la oscuridad no podía ver su gesto; durante todo ese tiempo no podíamos vernos entre nosotros, solo (y eso a la luz de una vela que ardía en otro mundo) al Doble, encerrado a solas con su dolor en alguna celda de la torre oscura. Pero apenas necesitaba que Scudamour hablara para saber lo que iba a decir.

—Es justo donde le duele a *él* —susurró—. Aquí en la frente. Como él. Tengo su dolor, no el mío. No creerá que...

Lo que ambos pensábamos difícilmente podía expresarse con palabras. Lo que en realidad dije fue:

—Creo que si dejamos que vuele libre nuestra imaginación con este cronoscopio, nos volveremos locos. Estamos todos muertos de cansancio, usted más que nadie, y ya hemos visto lo suficiente del Otro Tiempo para saber que hay pocas cosas comparables a su horror. No es de extrañar que le duela la cabeza. Mire. Con las cortinas corridas podemos ver lo suficiente de lo que ocurre en la pantalla para darnos cuenta de si se desplaza a otro lugar.

Me levanté y corrí las cortinas, y la bendita luz del día y el trinar de los pájaros inundaron la sala.

—Ahora —continué— tómese una aspirina y prepare una tetera de té fuerte para los dos, sentémonos juntos y pongámonos cómodos.

Fue horas más tarde, cuando la sala estuvo a oscuras de nuevo y Scudamour y yo estábamos (afortunadamente) en la cama, cuando el amanecer llegó a la habitación del Doble en el Otro Tiempo. Lo que este reveló me lo contó Ransom. Dijo que, al parecer, la vela se había consumido y que, cuando hubo suficiente luz del día para ver las cosas, la cama estaba vacía. Les llevó algún tiempo descubrir al Doble; cuando por fin lo encontraron, estaba sentado en el piso, en una esquina, todo encorvado. Ahora no se retorcía ni mostraba señal alguna de dolor; de hecho, estaba anormalmente quieto y rígido. Su rostro estaba en la sombra. Estuvo así sentado un buen rato mientras el cuarto se iluminaba, sin que nada pasara. Por fin llegó la luz a su rostro. Al principio pensaron que tenía un moratón en la frente, y luego que tenía una herida. El lector comprenderá que sabían desde el principio que había pasado la noche con mucho dolor, y seguro que por eso no supusieron antes la verdad. No se percataron hasta que un Espasmódico entró en la habitación con sus típicos movimientos y haciendo sonar su látigo, y entonces, tras dirigir una mirada al Doble, cayó de bruces. Salió hacia atrás tapándose los ojos con las manos. Entraron otros Espasmódicos, y algunos obreros. También cayeron sobre su rostro y salieron de espaldas. Por fin llegaron las Espasmódicas. Se arrastraron sobre su barriga, portando una túnica negra, la pusieron sobre la cama y salieron también arrastrándose. Varias personas, todas postradas sobre sus rostros, esperaban justo a la puerta de la celda, dentro. El Doble había observado todo esto sin moverse. Ahora se levantó y fue al centro de la sala (sus adoradores se pegaron más al suelo y Ransom dice que no lo besaban, sino que lo lamían) y nuestros observadores pudieron ver lo que pasaba. Le había crecido un aguijón. Los dolores de la noche habían sido dolores de parto. Su rostro aún se podía reconocer como el del Doble de Scudamour, pero ya tenía la palidez amarilla y la inmovilidad del hombre que habíamos visto en la sala de los bajorrelieves. Cuando se puso la túnica negra ya no hubo duda: se había acostado como un hombre y se había levantado como un Aguijoneador.

Por supuesto, no podíamos ocultarle esto a Scudamour e, igualmente, no ayudaba a aliviar la tensión nerviosa en la que vivía. Después, todos coincidimos en la percepción de que a partir de ese momento su conducta fue cada vez más extraña; e incluso en ese momento Ransom instó a Orfieu a persuadirle de que dejara su trabajo inmediatamente y no esperara a la visita de su prometida. Recuerdo que Ransom dijo:

—Este joven puede explotar en cualquier momento.

Todos tendríamos que haber prestado más atención a esto. En nuestra defensa puedo alegar que se esperaba a la señorita Bembridge en muy pocos días (tres, creo), que estábamos muy preocupados por nuestras observaciones y que lo que ocurrió al día siguiente fue lo suficientemente sorprendente como para alejar de nuestras cabezas todas las demás consideraciones.

Fue MacPhee quien soltó la bomba. Estábamos todos juntos en el observatorio, observando la habitual escena de ajetreo en el exterior de la torre oscura —y observándola sin atención por ser ya muy habitual— cuando de repente espetó una maldición y se puso en pie.

—¡Orfieu! —dijo.

Todos giramos la cabeza hacia MacPhee. Su voz no había sonado exactamente enojada, pero en ella había una nota de solemne advertencia más persuasiva que la ira.

—Orfieu —dijo de nuevo— de una vez por todas.

—¿A qué juego está jugando con nosotros?

—No sé a qué se refiere —dijo Orfieu.

—Sepa —dijo MacPhee— que no voy a discutir con usted. Pero soy un hombre ocupado. Si todo esto ha sido un engaño, no le llamaré estafador, para usted su broma, pero no voy a quedarme aquí para que me sigan engañando.

—¿Un engaño?

—Sí. No he dicho «truco», así que no tiene por qué enojarse. He dicho que es un engaño. Pero le pido ahora que me dé su palabra de honor: ¿es un engaño?

—No, no lo es. ¿De qué está hablando?

MacPhee lo miró por un momento casi, creo, con la esperanza de detectar algún signo de vergüenza en su rostro; pero no lo hubo. Entonces, el escocés se metió las manos en los bolsillos y comenzó a pasearse de un lado a otro con un aire de desesperación.

—Muy bien —dijo—. Muy bien. Pero si no es un engaño, estamos todos locos. El universo está loco. Y también estamos ciegos como murciélagos. —De repente, hizo una pausa en su marcha y se giró para dirigirse a toda la compañía—. ¿Quiere decir que ninguno de ustedes reconoce ese edificio? —dijo, extendiendo una mano hacia la torre oscura.

—Sí —dijo Ransom—, me pareció familiar desde el primer momento, pero no puedo ponerle nombre.

—Entonces es usted menos tonto que el resto de nosotros —dijo MacPhee—. Usted es el tuerto en el reino de los ciegos.

Volvió a mirarnos fijamente como si esperara alguna respuesta.

—Bien —dijo finalmente Orfieu— ¿por qué deberíamos reconocerlo?

—Vamos, hombre —dijo MacPhee— lo ha visto cientos de veces. Se podría ver desde aquí si abrimos las cortinas.

Se acercó a la ventana y las corrió. Todos nos agolpamos detrás de él para mirar, pero tras un vistazo se volvió a meter en la sala.

—Me he equivocado —dijo—. Las casas no dejan verlo.

Empezaba a preguntarme si MacPhee había perdido el juicio, cuando Scudamour intervino:

—¿No querrá decir...? —empezó, e hizo una pausa.

—Diga —le instó MacPhee.

—Es demasiado fantasioso —dijo Scudamour, y en el mismo momento Orfieu intervino de repente:

—Ya lo tengo.

—Y yo —dijo Ransom—. La torre oscura es una réplica casi exacta de la nueva biblioteca universitaria, aquí en Cambridge.

Se produjo un silencio total por varios segundos.

Orfieu fue el primero que intentó recoger los pedazos de nuestra tranquilidad anterior para ver si podía recomponerla.

—Desde luego, hay un parecido —comenzó— un claro parecido. Me alegro de que lo haya señalado. Pero si...

—¿Parecido? ¡Vamos, hombre! —dijo MacPhee—. Son idénticas, salvo que la torre de ahí —dijo señalando la pantalla— no está del todo terminada. Lewis, aquí puede dibujar. Siéntese y háganos un boceto de la torre oscura.

No sé dibujar muy bien, pero hice lo que me dijeron y logré plasmar algo bastante reconocible. En cuanto estuvo hecho el dibujo, salimos todos a la ciudad, excepto Ransom, que se ofreció a quedarse y vigilar el cronoscopio. Era más de la una cuando regresamos, con acusadas hambre y sed que saciaría Orfieu con el almuerzo y las jarras de cerveza que nos proporcionó. Nuestras investigaciones nos habían tomado mucho tiempo porque no era fácil encontrar una perspectiva desde la que ubicar la biblioteca universitaria justo en el mismo ángulo que la torre oscura, lo cual, por cierto, puede explicar que no la reconociéramos al principio. Pero cuando por fin encontramos el punto de observación correcto, la teoría de MacPhee se volvió inapelable. Tanto Orfieu como Scudamour se resistieron a ella con todas sus fuerzas: Orfieu con frialdad, como un *esprit fort*, y Scudamour con una pasión que entonces no comprendí del todo. Era casi como si nos rogara que no lo aceptáramos. Sin embargo, al final los hechos fueron demasiado contundentes para ambos. Se notaba la correspondencia entre la biblioteca y la torre oscura en todos los detalles, salvo que una estaba terminada y la otra seguía en manos de los constructores.

Estábamos tan sedientos que no pensamos en el almuerzo hasta después de tomarnos nuestras pintas. Entonces, cuando el sirviente de Orfieu nos aseguró que el señor Knellie había almorzado y salido del *college*, nos adentramos en la fresca oscuridad de la sala multiusos y dimos buena cuenta del pan con queso.

—Bueno —dijo Orfieu—, este es un descubrimiento muy importante y, desde luego, ha conseguido usted entusiasmarnos,

MacPhee. Pero cuando uno se pone a pensar en ello, no veo que debamos sorprendernos tanto. Esto solo demuestra que el tiempo que contemplamos está en el futuro.

—¿Qué quiere decir? —pregunté.

—Bueno, obviamente, la torre oscura es una imitación de la biblioteca universitaria. *Tenemos* una imitación del Coliseo en Escocia y una imitación del Puente de los Suspiros en Oxford, ambas espantosas. De la misma manera, los del Otro Tiempo tienen una réplica de lo que para ellos es la antigua Biblioteca Británica de Cambridge. No es nada extraño.

—A mí me parece muy extraño —dijo MacPhee.

—Pero ¿por qué? —preguntó Orfieu—. Siempre hemos pensado que lo que vemos en la pantalla está en el mismo lugar que nosotros, en algún otro tiempo. En otras palabras, esas personas viven, o vivirán, donde está Cambridge. La biblioteca ha sobrevivido por siglos y ha acabado derrumbada, y ahora están levantando una réplica. Probablemente tengan alguna superstición al respecto. Debe recordar que para ellos sería algo de una antigüedad casi infinita.

—Ese es justo el problema —dijo MacPhee—. Demasiado antigua. Habría desaparecido siglos, tal vez millones de siglos, antes de su tiempo.

—¿Cómo sabe que están en un futuro tan lejano? —preguntó Ransom.

—Mire su anatomía. El cuerpo humano ha cambiado. A menos que ocurra algo muy extraño que acelere el proceso evolutivo, la naturaleza tardará mucho tiempo en producir cabezas humanas que puedan tener aguijón. No es una cuestión de siglos, sino de millones o miles de millones de años.

—Hoy en día —dije—, hay quienes no están muy de acuerdo con que la evolución tenga que ser algo muy gradual.

—Lo sé —dijo MacPhee—. Pero se equivocan. Yo hablo de ciencia, no de Butler, Bergson, Shaw y todas esas baratijas.

—No creo que Bergson... —comencé a decir, cuando Scudamour irrumpió de repente:

—Oh, también podemos dejarlo, decir basta, se acabó. ¿De qué sirven todas esas explicaciones de por qué la biblioteca de la universidad debe estar en el Otro Tiempo si no me explican por qué estoy yo allí? Tienen uno de nuestros edificios; y también me tienen a mí, para mi desgracia. Es posible que haya cientos de personas ahí dentro, personas que ahora están vivas, y que no las hayamos reconocido. Y esa bestia, el primer Aguijoneador, el único hasta que me creció el aguijón, ¿no recuerdan cómo se puso ante nosotros y nos miró? ¿Siguen pensando que no nos ha visto? ¿Siguen pensando que todo está únicamente en el futuro? ¿Es que no lo ven? Todo esto está... está todo mezclado con nosotros de alguna manera: hay trozos de nuestro mundo allí, o trozos de él entre nosotros.

Había estado hablando con los ojos puestos en la mesa, y al levantar la vista nos pilló intercambiando miradas. Eso no arregló las cosas.

—Veo que me estoy haciendo impopular —prosiguió—, igual que el doctor Ransom el otro día. Bueno, me atrevo a decir que soy una compañía bastante mejorable en este momento. Esperen a verse en el Otro Tiempo y veremos si les gusta. Por supuesto, ya sé que no debo quejarme. Esto es ciencia. ¿Y quién ha oído hablar de un nuevo descubrimiento científico que no demuestre que el universo real es aún más nauseabundo, ruin y peligroso de lo que se suponía? Nunca me gustó la religión, pero empiezo a pensar que el doctor Ransom tenía razón. Creo que hemos tocado la realidad que hay detrás de todas las viejas historias sobre el infierno, los demonios y las brujas. No sé... algo de esa sucia realidad que se desarrolla junto al mundo normal y que se mezcla con él.

En este terreno, Ransom pudo coincidir con él con perfecta naturalidad y evidente sinceridad.

—En realidad, Scudamour —dijo—, he cambiado de opinión. No creo que el mundo que vemos a través del cronoscopio sea el infierno, porque parece haber en él gente bastante digna y feliz, junto con los «Espasmódicos» y los «Aguijoneadores».

—Sí, y la gente digna acaba robotizada.

—Lo sé, y es terrible. Pero un mundo en el que pueden ocurrirles cosas horribles a las personas sin mediar culpa alguna (o, al menos, no principalmente por su culpa) no es el infierno: es simplemente nuestro propio mundo otra vez. Solo hay que plantarle cara, como en nuestro mundo. Aun si nos llevaran allá...

Scudamour se estremeció. Los demás pensamos que Ransom estaba siendo muy imprudente, pero ahora creo que tenía razón. Como de costumbre.

—Aun si nos llevaran allá, lo que sería peor que simplemente ver a nuestro doble, no sería esencialmente diferente de otras desgracias. Y desgracia no es lo mismo que infierno, ni mucho menos. Nadie puede ser llevado al infierno, ni enviado a él: al infierno solo puede uno llegar allí por sus propios méritos.

Scudamour, que al menos había tenido con Ransom la gentileza de escucharlo con gran atención, le preguntó:

—¿Y *qué* cree que es el Otro Tiempo?

—Bueno —dijo Ransom—, al igual que usted, tengo muchas dudas de que sea simplemente el futuro. Estoy de acuerdo en que está demasiado mezclado con nosotros para eso. Y llevo varios días preguntándome si el pasado, el presente y el futuro son los únicos tiempos que existen.

—¿Qué quiere decir? —preguntó Orfieu.

—Todavía no lo sé —dijo Ransom—. Mientras tanto, ¿tenemos pruebas palpables de que lo que estamos viendo es un tiempo?

—Bueno —dijo Orfieu tras una pausa—, supongo que no. No pruebas irrefutables. Por el momento, es la hipótesis más fácil.

Y eso fue todo lo que se dijo en el almuerzo. Este día ocurrieron dos cosas más. Una de ellas fue que MacPhee, que tuvo su turno de observación por la tarde, me dijo a la hora de la cena que el «nuevo Aguijoneador» o «doble de Scudamour» estaba ahora instalado en la sala de los bajorrelieves. No sabíamos qué había sido del viejo Aguijoneador. Algunos pensaron que el Doble tuvo que haberlo derrotado como un toro joven derrota al viejo y se convierte en el macho alfa. Otros imaginaron que podría haberse producido una sucesión pacífica, siguiendo las reglas de alguna especie de servicio civil diabólico. Toda la concepción del Otro Tiempo estaba cambiando ahora que sabíamos que podía haber más de un Aguijoneador.

—Toda una casta de aguijoneadores —dijo MacPhee.

—Una centrocracia —sugirió Ransom.

El otro hecho que se produjo fue, en sí mismo, intrascendente. Algo falló en la luz eléctrica del *college* y Orfieu, que tenía la guardia de la mañana, tuvo que utilizar velas.

IV

Supongo que era domingo cuando las luces fallaron, o sería que todos los electricistas de Cambridge estaban ocupados; en cualquier caso, todavía estábamos con velas cuando nos reunimos en las estancias de Orfieu después de la cena. La pequeña lámpara de delante del cronoscopio, que funcionaba con su propia batería, no se vio afectada, por supuesto. Corrimos las cortinas, apagamos las velas y nos encontramos de nuevo ante la sala de los bajorrelieves, y casi al instante me di cuenta, con una débil sensación de náusea, de que estábamos ante otra de las escenas de aguijoneo.

Era la primera vez que veía al Doble desde su transformación, y fue una experiencia extraña. Ahora ya se parecía mucho al Aguijoneador original, en cierto modo más a él que a Scudamour. Tenía la misma palidez amarillenta y la misma inmovilidad; ambas cosas, de hecho, se apreciaban mejor en él que en su predecesor porque este no tenía barba. Sin embargo, al mismo tiempo, su parecido con Scudamour se mantenía igual. A veces se produce esta paradoja en los rostros de los muertos. Parecen infinitamente cambiados con respecto a lo que eran en vida, pero resultan inconfundiblemente iguales. En el rostro del cadáver puede surgir cierto parecido con algún pariente lejano, nunca antes sospechado, pero bajo ese nuevo parecido el cadáver y el hombre siguen siendo patéticamente idénticos. Cada vez se parece más a su abuelo, pero no menos a sí mismo. Algo así estaba ocurriendo con el Doble. No había dejado de parecerse a Scudamour; más bien, si puedo expresarlo así, se parecía a un Scudamour que se parece a un Aguijoneador. Uno de los resultados de esto fue que se mostraron las características del rostro del Aguijoneador bajo una nueva luz. La palidez, la calma inexpresiva, incluso la horrible deformidad de su frente, ahora que las veía sobre un rostro familiar, adquirían un horror diferente. Nunca me había pasado por la cabeza compadecerme del Aguijoneador, nunca sospeché que él pudiera ser un horror para sí mismo. Ahora descubrí que pensaba en el veneno como dolor, en el aguijón como un macizo promontorio de angustia que brotaba en una cabeza torturada. Y entonces, cuando el Doble bajó la cabeza e inoculó fríamente a su primera víctima, sentí algo parecido a la vergüenza. Era como si uno hubiera sorprendido al propio Scudamour, en las garras de la locura o de alguna perversión equivalente, en el momento de realizar alguna abominación monstruosa, pero nimia a la vez. Empecé a hacerme una idea de cómo debía de sentirse el propio Scudamour. Creyendo que estaba a mi lado, me giré con la vaga intención de decir algo que pudiera hacerle sentir mejor, cuando, para mi sorpresa, una voz bastante inesperada dijo:

—Fascinante. Fascinante. No tenía ni idea de que nuestra época produjera obras de esta calidad.

Era Knellie. Ninguno de nosotros se percató de que nos había seguido hasta el observatorio.

—Ah, es usted —dijo Orfieu.

—Espero no importunar, mi querido amigo —dijo el anciano—. Sería muy amable de su parte, muy amable de hecho, si me permite quedarme. Es un privilegio estar presente en la representación de semejante obra de arte.

—Debe saber que esto no es un cinematógrafo, señor Knellie —dijo MacPhee.

—No he sugerido ni por un momento esa espantosa palabra —dijo Knellie con voz reverencial—. Comprendo perfectamente que un trabajo como este difiere absolutamente de las vulgaridades de los teatros populares. Y comprendo también la reticencia, ¿o debería decir secreto?, de sus procedimientos. En la actualidad no se puede mostrar tal obra al filisteo británico. Pero me duele, Orfieu, no haber tenido su confianza. Por lo menos, me considero bastante libre de prejuicios. Verá, mi querido amigo, yo ya predicaba la completa libertad moral del artista cuando usted aún era un niño. ¿Puedo preguntar quién es el genio supremo con el que estamos en deuda por esta obra?

Mientras él hablaba, dos seres humanos habían entrado, habían adorado al ídolo, habían sido apresados y aguijoneados, y habían vuelto a salir. Scudamour no pudo aguantar más.

—¿Me está diciendo que esto le *gusta*? —gritó.

—¿Si me gusta? —dijo Knellie, pensativo—. ¿Le *gusta* a uno el gran arte? Uno responde, percibe, intuye, empatiza.

Scudamour se había levantado. No pude ver su expresión.

—Orfieu —dijo de repente—, debemos encontrar la manera de llegar a esas bestias.

—Sabe que es imposible —dijo Orfieu—. Ya hemos hablado de esto antes. No se puede viajar en el tiempo. Allí no tendríamos cuerpos.

—No está tan claro que *yo* no deba —dijo Scudamour. Yo llevaba tiempo temiendo que se le ocurriera eso.

—No estoy seguro de entender a ninguno de los dos —dijo Knellie, que estaba tan seguro de que la conversación era con él que nadie podría acusarlo de interrumpir—. Y no creo que el tiempo tenga mucho que ver. Sin duda, el arte es intemporal. Pero ¿quién es el artista? ¿Quién ha inventado esta escena, estas soberbias masas, esta espléndida y lúgubre procacidad? ¿De quién es?

—Es del diablo, si le interesa saberlo —gritó Scudamour.

—Ah... —dijo Knellie muy despacio—, ya veo lo que quiere decir. Tal vez en cierto sentido eso sea así para todo arte en sus momentos supremos. ¿No dijo el pobre Oscar algo así...?

—¡Cuidado! —gritó Scudamour—. ¡Camilla! ¡Por el amor de Dios!

Tardé una fracción de segundo en darme cuenta de que no nos gritaba a nosotros, sino a alguien en la pantalla. Y después de eso todo sucedió tan rápido que apenas puedo describirlo. Recuerdo haber visto a una muchacha —una chica alta y esbelta de cabello castaño— entrando en la sala de los bajorrelieves, desde la izquierda, al estrado, igual que otras docenas de víctimas, tanto hombres como mujeres. Recuerdo, en ese mismo momento, a Orfieu gritando (dijo algo así como «¡No sea tonto!») y precipitándose hacia delante, como un jugador de *rugby* que va a hacer un placaje. Era para interceptar a Scudamour, que se había lanzado repentina e inexplicablemente hacia delante, bajando la cabeza, directo hacia el cronoscopio. Entonces, todo en el mismo instante, vi a Orfieu retroceder bajo el impacto del otro, que era más joven y pesado, oí el ruido ensordecedor de una lámpara al estallar, sentí las manos temblorosas de Knellie agarrándome por la manga, y me encontré sentado en el suelo en la más absoluta oscuridad.

La sala se quedó en una inmovilidad absoluta por un momento. Entonces noté el inconfundible sonido de un goteo: al parecer, se había volcado la bebida de alguien. Luego llegó una voz, la de MacPhee.

—¿Hay algún herido? —dijo.

—Estoy bien —dijo la voz de Orfieu con el tono de un hombre claramente herido—. Tengo un golpe en la cabeza, eso es todo.

—¿Está herido, Scudamour? —preguntó MacPhee.

Pero en lugar de la voz de Scudamour, fue la de Knellie la que contestó, en una especie de quejido plateado, si es que un quejido puede ser plateado:

—Estoy bastante sobresaltado. Creo que si alguien pudiera traerme una copa de buen *brandy* podría llegar a mis aposentos.

Orfieu y MacPhee, que se habían golpeado la cabeza con fuerza en la oscuridad, estallaron en simultáneas exclamaciones de dolor. Mientras buscábamos fósforos, la sala se llenó de ruidos y movimientos. Alguien los encontró. La luz me hizo parpadear al prenderse y tuve una visión momentánea de una figura oscura, presumiblemente la de Scudamour, que se levantaba de entre los restos del cronoscopio. Entonces el fósforo se apagó.

—Está bien —dijo MacPhee—. Ya tengo la caja. Oh, maldición...

—¿Qué pasa? —dije.

—Vaya, la he abierto al revés y se han caído todos por el piso. Esperen, esperen un momento. ¿Está bien, Lewis?

—Ah, sí, estoy bien.

—¿Y usted, Scudamour?

No hubo respuesta. Entonces MacPhee encontró un fósforo y consiguió encender una vela. Yo me encontré ante el rostro de un desconocido. Entonces, con algo de sobresalto, me di cuenta de que era la cara de Scudamour. Creo que hubo dos cosas que me impidieron reconocerlo en un primer momento. Una fue la extraña forma en que nos miraba. La otra fue el hecho de que al aparecer la luz de las velas él estaba tratando de salir en retirada hacia la puerta. *Retirada* es exactamente la palabra: retrocedía lo más rápido que podía sin atraer la atención, sin apartar sus ojos de nosotros. De hecho, se comportaba exactamente como una persona de nervios de acero que se encuentra de repente entre enemigos.

—¿Qué le pasa, Scudamour? —dijo Orfieu.

Pero el joven no respondió, y ahora tenía la mano en el pomo de la puerta. Los demás seguíamos mirándolo, perplejos, cuando Ransom saltó de repente de su silla.

—¡Rápido! ¡Rápido! —gritó—. Que no salga.

Y en el mismo instante se lanzó sobre la figura en retirada. El otro, que para entonces había abierto la puerta, bajó la cabeza, en un gesto de espantosa familiaridad para todos nosotros, golpeó a Ransom en el estómago y desapareció.

Ransom estuvo doblado y sin poder hablar por algunos minutos. Knellie empezaba a murmurar algo sobre el *brandy* cuando MacPhee se volvió hacia Orfieu y hacia mí.

—¿Estamos todos locos? —dijo—. ¿Qué nos está pasando? Primero Scudamour y luego Ransom. ¿Y dónde se ha metido Scudamour?

—No lo sé —dijo Orfieu, contemplando los restos del cronoscopio—, y me atrevería a decir que no me importa. Lo que sé es que ese maldito y necio jovenzuelo ha hecho trizas un año de trabajo.

—¿Por qué fue por usted así?

—No iba por mí, iba por el cronoscopio. Trataba de saltar a través de él, el muy burro.

—¿Para saltar al Otro Tiempo?

—Sí. Por supuesto, es como querer saltar a la Luna a través de un telescopio.

—Pero ¿qué le hizo hacer eso?

—Lo que vio en la pantalla.

—Pero no había nada peor que lo que ha visto docenas de veces.

—Ah, no lo entiende —dijo Orfieu—. Es mucho peor. Esa chica que entró es otra doble.

—¿Qué quiere decir?

—Me cortó el aliento verla. Es como cierta mujer real, es decir, una mujer de nuestro tiempo... Igual que el viejo doble es como Scudamour. Y la mujer a la que se parece es Camilla Bembridge.

Ese nombre no nos decía nada. Orfieu se sentó con un gesto de impaciencia.

—Se me olvidó que ustedes no lo saben —dijo—, pero Camilla Bembridge es la joven con la que se va a casar.

MacPhee silbó.

—No puede culpar al pobre diablo, Orfieu —dijo—. Con eso se le afloja un tornillo hasta a la cabeza más sana. Ver una copia de ti mismo primero, y luego ver a esa copia hacerle *eso* a una copia de tu novia... Me pregunto a dónde habrá ido.

Para entonces Ransom había recuperado el habla.

—Yo también —dijo—. Me pregunto muchas más cosas. ¿Por qué ninguno de ustedes me ayudó a detenerlo?

—¿Por qué habría que detenerlo? —dije.

—Vamos —dijo Ransom—, ¿no lo ven? No, no hay tiempo que perder. Ya hablaremos después.

Creo que MacPhee notó lo que había en la mente de Ransom desde el principio. Yo, desde luego, no, pero cuando vi que los otros dos salían de la sala los seguí. Orfieu se quedó atrás, absorto, aparentemente, estudiando el estado de ruina de su cronoscopio. Knellie seguía curándose su moretón y farfullando algo sobre el buen *brandy*.

Ransom nos llevó de inmediato a la puerta principal del *college*. Solo eran cerca de las nueve y se veía luz en la portería. Cuando alcancé a los demás, el portero le estaba diciendo a Ransom que no había visto salir al señor Scudamour.

—¿Hay alguna otra forma de salir del *college*? —preguntó Ransom.

—Solo la puerta de San Patricio, señor —dijo el portero—, y por vacaciones debería estar cerrada.

—Ah... ¿pero el señor Scudamour podría tener una llave?

—Bueno, debería tener una —respondió el portero—. Pero creo que la ha extraviado, ya que anteanoche me pidió una prestada y me la devolvió ayer por la mañana. Yo me dije: el señor Scudamour se ha ido y ha vuelto a extraviar su llave. ¿Le doy algún mensaje, señor, si lo veo?

—Sí —dijo MacPhee tras pensarlo un momento—. Dígale que todo está bien y pídale que vaya a ver al doctor Orfieu en cuanto pueda.

Salimos de la residencia.

—Rápido —dijo Ransom—. Yo probaré en sus estancias y ustedes dos vayan a la otra puerta.

—Vamos —dijo MacPhee. Quise hacerle una pregunta, pero ya estaba corriendo y en unos segundos estábamos en la puerta de San Patricio. No estoy seguro de lo que esperaba encontrar allí, pero lo cierto es que me decepcionó.

—¿Qué demonios pasa? —le pregunté mientras él se apartaba de la puerta, pero en ese mismo instante oí el sonido de unos pasos corriendo y Ransom apareció al otro lado del camino.

—Sus estancias están vacías —gritó.

—Entonces, ¿podría estar en alguna de estas? —respondió MacPhee, indicando con un gesto de la mano las hileras de ventanas que se asomaban al pequeño patio con esa expresión peculiarmente inerte que conocen todos los que han vivido en un *college* durante las vacaciones.

—No —dijo Ransom—. Gracias a Dios, están cerradas.

—¿No va a decirme...? —empecé, cuando de repente MacPhee me agarró del brazo y señaló a un lugar. Ransom ya nos había alcanzado: estábamos los tres juntos, conteniendo la respiración y mirando hacia arriba.

El bloque de edificios que nos cerraba la vista hacia el oeste era de un tipo común en las ciudades universitarias: dos plantas de ventanas de tamaño normal, luego una hilera de almenas, y después ventanas abuhardilladas detrás de las almenas que sobresalían de un tejado a dos aguas. Por detrás, el cielo estaba claro y teñido del azul verdoso que a veces sigue a la puesta de sol. Con este fondo tras él, claro como una forma recortada en papel negro, un hombre se movía sobre las tejas. No se agachaba, ni se apoyaba a cuatro patas, ni siquiera extendía los brazos para equilibrarse: caminaba con las manos entrelazadas a la espalda con la misma facilidad con la que yo podría caminar sobre un terreno llano, y giraba la cabeza lentamente de izquierda a derecha como quien analiza su entorno.

—Es él, sin duda —dijo MacPhee.

—¿Se habrá vuelto loco? —sugerí.

—Oh, peor, peor —contestó Ransom. Y luego—: Miren, está bajando.

—Y por fuera —añadió MacPhee.

—Rápido —dijo Ransom—. Por ahí llegará a Pat's Lane. Solo tenemos una oportunidad.

Una vez más corrimos hacia la puerta principal, todos nosotros, esta vez lo más rápido que podíamos, pues había visto lo suficiente para convencerme de que había que capturar a Scudamour a toda costa. Al salir de su puesto para abrir la portería, el portero parecía moverse con una lentitud desquiciante. Yo sentía los segundos pasar mientras él buscaba a tientas su llave —hablando, siempre hablando— y, mientras Ransom y yo, por las prisas, nos estorbábamos el uno al otro en la estrecha abertura, MacPhee, detrás, nos gritaba para que subiéramos. Salimos por fin y recorrimos la longitud de la fachada del *college*, hasta girar para entrar en Pat's Lane, un pequeño y silencioso callejón entre dos *colleges*, a salvo del tráfico rodado gracias a un par de bolardos. No sé hasta dónde corrimos; en cualquier caso, pasamos por el puente y llegamos lo bastante lejos como para ver los autobuses y los autos en una gran avenida más allá del río. Es difícil correr con determinación cuando no estás seguro de si tu perseguido está delante o detrás de ti. Probamos en varias direcciones. De la carrera pasamos a la marcha rápida; de la marcha rápida a la marcha lenta; de la marcha lenta a caminar sin ton ni son. Finalmente, a eso de las diez y media, estábamos todos parados (en Pat's Lane otra vez) limpiándonos el sudor de la frente.

—Pobre Scudamour —dije entre jadeos—. Tal vez sea solo temporal.

—¿Temporal? —dijo Ransom con una voz que me hizo detenerme.

—¿Qué pasa? —pregunté.

—Ha dicho «temporal». ¿Qué esperanza hay de recuperarlo? Sobre todo si hemos perdido al otro.

—¿De qué está hablando? ¿Qué otro?

—El que hemos estado persiguiendo.

—Se refiere a Scudamour.

Ransom me dirigió una larga mirada

—¡Ese! —dijo—. Ese no era Scudamour.

Lo miré fijamente, sin saber lo que pensaba, pero consciente de que en mis pensamientos había entrado algo horrible. Continuó:

—No era Scudamour el que me cortó el aliento. Se parecía a él. ¿Por qué no respondió? ¿Por qué se querría ir de la sala? ¿Por qué bajó la cabeza y embistió? Si Scudamour quisiera pelear, no lo haría de esa manera. ¿No lo ven? Cuando bajó la cabeza lo hizo para usar algo que creía tener, algo que estaba acostumbrado a utilizar. Es decir, un aguijón.

—¿Está diciendo... —dije, luchando contra una fuerte sensación de malestar—, está diciendo que lo que vimos en el tejado era... era el Aguijoneador?

—Pensé que lo sabría —dijo Ransom.

—Entonces, ¿dónde está el verdadero Scudamour?

—Que Dios lo ayude —dijo Ransom—. Si está vivo, estará en la torre oscura en el Otro Tiempo.

—Saltó a través del cronoscopio... pero eso es increíble, Ransom. ¿No nos explicó Orfieu tantas veces que no es más que una especie de telescopio? Las cosas que hemos visto no estaban en realidad cerca, estaban a millones de años de distancia.

—Sé que esa es la teoría de Orfieu. Pero ¿qué pruebas hay? ¿Y acaso eso explica por qué el Otro Tiempo está lleno de réplicas de cosas de nuestro mundo? ¿Usted qué cree, MacPhee?

—Creo —dijo MacPhee— que ahora está meridianamente claro que está trabajando con fuerzas que no entiende, y que ninguno de nosotros sabe dónde o cuándo está el mundo del Otro Tiempo ni qué relación tiene con el nuestro.

—Salvo —dijo Ransom— porque contiene esas réplicas: un edificio, un hombre y una mujer, hasta ahora. Puede haber muchas más.

—¿Y, exactamente, qué cree que ha pasado? —pregunté.

—¿Recuerda lo que dijo Orfieu la primera noche sobre que el viaje en el tiempo era imposible, porque uno no tendría cuerpo en el otro tiempo al llegar allá? Bien, ¿no es obvio que si conseguimos dos tiempos que contengan réplicas quedaría resuelto ese problema? En otras palabras, creo que el Doble que vimos en la pantalla tenía un cuerpo que no solo era parecido al del pobre Scudamour, sino que era el mismo: es decir, que la misma materia que componía el cuerpo de Scudamour en 1938 componía el cuerpo de esa bestia en el Otro Tiempo. Ahora bien, de ser así..., y si entonces, por cualquier artificio, pusiéramos en contacto los dos tiempos, por así decirlo... ¿lo ve?

—Quiere decir que podrían... podrían saltar al otro lado.

—Sí, en cierto sentido. Scudamour, movido por una intensa emoción, lleva a cabo lo que podríamos llamar una embestida o salto psicológico hacia el Otro Tiempo. Normalmente no pasaría nada, salvo tal vez su muerte. Pero la mala suerte quiso que en esta ocasión, su propio cuerpo, el mismo que ha utilizado toda su vida en *nuestro* tiempo, estuviera allí esperándole. El otro ocupante de ese cuerpo es sorprendido con la guardia baja, sencillamente se ve empujado fuera de su cuerpo, pero como en 1938 le está esperando ese cuerpo idéntico, se cuela inevitablemente en él y se encuentra en Cambridge.

—Esto se está poniendo muy complicado —dije—. No estoy seguro de entender lo de estos dos cuerpos.

—Pero es que no hay *dos* cuerpos. Solo hay un cuerpo, que existe en dos tiempos diferentes, igual que ese árbol existió ayer y existe hoy.

—¿Qué le parece, MacPhee? —pregunté.

—Bueno —dijo MacPhee—, a diferencia de nuestro amigo, yo no parto de la simple teoría de una entidad llamada alma, y eso me complica las cosas. Pero estoy de acuerdo en que el comportamiento del cuerpo de Scudamour, desde el incidente, es justo lo que cabría esperar ver si ese cuerpo hubiera adquirido la memoria y la psicología del Aguijoneador. Por lo tanto, estoy dispuesto, como científico, a trabajar sobre la hipótesis de Ransom, por el momento. Y puedo añadir que, como criatura afectada por las pasiones, las emociones y la imaginación, no siento (hablo de *sentir*, entiéndase) ninguna duda al respecto. Lo que me desconcierta es otra cosa.

Ambos lo miramos con la misma pregunta.

—No sé qué pensar sobre todas estas réplicas —dijo MacPhee—. Hay muchas probabilidades, de hecho, son casi infinitas, de que las mismas partículas se organicen como cuerpo humano en dos tiempos diferentes. Y ahora tenemos que eso ocurre dos veces: el joven y la joven. Y luego está el edificio. Vaya, demasiadas coincidencias.

Se produjo un silencio durante unos instantes y luego, frunciendo el ceño, procedió a decir, en parte para sí mismo:

—No tengo ni idea. Ni idea. ¿Pero no podría ser al revés? No es que hayamos llegado casualmente a un tiempo que contiene réplicas del nuestro, sino que son las réplicas las que acercan los tiempos, una especie de gravitación. Verán, si dos tiempos contuvieran *exactamente* la misma distribución de materia, sencillamente se convertirían en el mismo tiempo... y si contuvieran *algunas* distribuciones idénticas podrían aproximarse... No sé. Todo esto es demencial.

—Desde ese punto de vista —dijo Ransom—, la importancia del cronoscopio sería bastante secundaria.

—¡Ah! —saltó MacPhee—. ¿Qué tiene que ver el cronoscopio con esto? No genera fenómenos, simplemente permite verlos. Todo esto ya ocurría antes de que Orfieu fabricara su artilugio y habría seguido ocurriendo de cualquier manera.

—¿Qué quiere decir con «todo esto»? —pregunté.

—No estoy seguro —dijo MacPhee después de una larga pausa—, pero creo que tenemos delante más de lo que Orfieu supone.

—Mientras tanto —dijo Ransom—, tenemos que volver a casa de Orfieu y hacer algunos planes. Cada minuto que pasa, esa criatura puede estar más lejos.

—No puede causar mucho daño sin su aguijón, supongo —dije.

—Yo no estaría muy seguro de eso tampoco —dijo Ransom—. Pero estaba pensando en otra cosa. ¿No ven que nuestra única posibilidad de recuperar a Scudamour es volver a juntarlos a él y al Aguijoneador, poniendo un cronoscopio entre los dos? Si perdemos el contacto con el Aguijoneador, se habrá esfumado nuestra última esperanza.

—En ese caso —dije—, si quiere regresar a su tiempo, debería tener la misma motivación para reunirse con nosotros.

Ya teníamos a la vista la entrada del *college*, rumiando en nuestra mente qué le íbamos a decir a Orfieu, cuando de repente se abrió la puerta de atrás y apareció el propio Orfieu, una versión de él que yo aún no había visto, pues se encontraba en un estado de furia impresionante. Quería saber dónde, dónde demonios, habíamos estado todos y por qué lo habíamos dejado solo con todo el jaleo. Preguntamos, con un humor muy mejorable, a qué jaleo se refería.

—Esa mujer infernal —espetó Orfieu—. Sí, la prometida de Scudamour. La mujer de Bembridge. Al teléfono. ¿Y ahora qué le van a decir cuando llegue mañana?

V

En este punto conviene que mi narración se ocupe de Scudamour. Comprenderá el lector que los demás oímos su historia mucho más tarde; que la escuchamos gradualmente y con todas esas repeticiones e interrupciones que surgen en la conversación. Aquí, sin embargo, la arreglaré y pondré en orden para facilitar su lectura. Sin duda, desde el punto de vista puramente literario, pierdo algo al no permitir que en los próximos capítulos el lector experimente la incertidumbre que soportamos nosotros durante las siguientes semanas, pero la literatura no es lo que más me preocupa ahora.

Según su propio relato, Scudamour no tenía ningún plan de acción en su mente cuando saltó sobre el cronoscopio. De hecho, nunca lo habría hecho si su agitación le hubiera permitido reflexionar, ya que, como el resto de nosotros, creía que el artilugio era una especie de telescopio. No creía que se pudiera pasar al Otro Tiempo. Solo sabía que ver a Camilla en las garras del Aguijoneador era más de lo que podía soportar. Sintió que debía destrozar algo —preferiblemente al Aguijoneador, pero, si no, lo que fuera— o volverse loco. En otras palabras, se salió de sus casillas.

Recuerda que se lanzó con las manos extendidas, pero no recuerda el sonido de la bombilla al estallar. Le pareció que al sacar las manos las tenía agarrando los brazos de la joven. Tuvo una impresión de triunfo e incredulidad a la vez: con pensamientos confusos, creyó que había sacado a Camilla del Otro Tiempo, a través de la pantalla, y la había llevado a la sala de

Orfieu. Cree que gritó algo así como «No pasa nada, Camilla. Soy yo».

La joven estaba de espaldas a él y la sujetaba por los codos. Mientras él decía esto, ella se giró y miró hacia atrás por encima del hombro. Seguía pensando que era Camilla y no le sorprendió que estuviera pálida y pareciera aterrorizada. Entonces sintió que de repente se quedaba flácida entre sus manos, y se dio cuenta de que iba a desmayarse.

Entonces se levantó de un salto —pues se dio cuenta de que estaba sentado— y la dejó en su silla, al tiempo que nos gritaba al resto para que lo ayudáramos. Fue en ese momento cuando tomó conciencia de su nuevo entorno. Hasta ese momento había notado algo extraño en toda la experiencia. Era más como encontrarse con Camilla en un sueño, no en la vida real; y, como en un sueño, lo aceptó sin plantearse preguntas. Pero mientras nos gritaba se le impusieron de golpe una serie de realidades. En primer lugar, se dio cuenta de que el idioma en el que había gritado no era el suyo. En segundo lugar, de que la silla en la que estaba recostando a la joven (que todavía creía que era Camilla) no era una de las butacas de la sala de Orfieu, y también de que no llevaba su ropa habitual. Pero lo que con diferencia más le sobresaltó fue que en el momento de dejar a la chica en el piso notó que toda su mente se tambaleaba bajo el esfuerzo de resistir un deseo que le horrorizaba tanto por su contenido como por su fuerza casi maníaca. Quería aguijonear. Tenía una nube de dolor en su cabeza que lo hacía sentir que, si no aguijoneaba, le estallaría. Y por un terrible instante le pareció que picar a Camilla sería lo más natural del mundo. ¿Por qué si no estaba allí?

Por supuesto, Scudamour tiene una interpretación de psicoanálisis para eso. Es perfectamente consciente de que, en condiciones anormales, cierto deseo muy natural podría adoptar esta forma grotesca. Pero está bastante seguro de que no era eso lo que ocurría. El dolor y la presión en su frente, que aún recuerda, no dejan lugar a dudas. Se trataba de un deseo con una base fisiológica real. Estaba lleno de veneno y sufría por no descargarlo.

En cuanto se dio cuenta de lo que su cuerpo le urgía a hacer, se alejó varios pasos de la silla. Por unos minutos, no se atrevió a mirar a la chica, aunque ella necesitara ayuda: estaba claro que no debía acercarse. Estando así, con los puños apretados, luchando contra la sublevación de sus sentidos, observó su entorno sin mucha atención inmediata. Sin duda, estaba en la sala de los bajorrelieves de la torre oscura. A su derecha se encontraba el estrado y la balaustrada que tan familiares le resultaban. A su izquierda estaba la parte de la sala que ninguno de nosotros había visto. No era muy grande, tal vez de unos seis metros de largo. Las paredes estaban completamente cubiertas con ornamentos como los que describí antes. Había otra puerta en la pared del fondo y a cada lado un asiento bajo de piedra que se extendía por el ancho de la sala. Pero entre él y ese asiento vio algo que lo dejó sin aliento: un cronoscopio roto.

En todo lo esencial era idéntico al artefacto de Orfieu. Había un marco de madera del que, en ese momento, colgaban los jirones de una pantalla rota. Delante, sobre una mesa, colgaba un objeto gris y enrevesado que no le costó reconocer. Con un repentino brillo de esperanza, se inclinó para examinarlo. Estaba desgarrado en dos lugares y parecía prácticamente inservible.

Creo que Scudamour tuvo mucho mérito al haber mantenido el dominio propio. Al narrarlo, cuenta que el terror que irrumpió en su cabeza era tan grande que su mente lo rechazó, de modo que se mantuvo relativamente frío y resuelto. Tuvo una abstracta percepción de que no había ninguna esperanza de recuperar nuestro mundo, totalmente rodeado por el mundo desconocido, y cargado con una horrible deformidad física de la que a cada momento aflorarían deseos horribles y, quién sabe si a la larga irresistibles. Pero todo esto no lo apreció emocionalmente. Al menos, es lo que dice. Yo sigo creyendo que demostró una hombría extraordinaria.

Para entonces, la joven había abierto los ojos y lo miraba fijamente con una expresión de asombro y terror. Intentó sonreírle, y se dio cuenta de que los músculos de su cara, la que ahora tenía, no estaban acostumbrados a sonreír.

—Todo va bien —dijo—. No tengas miedo. No te picaré.

—¿Cómo? —dijo la joven casi en un susurro—. ¿Qué quiere decir?

Antes de seguir adelante, será mejor que explique que, mientras estuvo en el Otro Tiempo, Scudamour no tuvo ningún problema para hablar y entender una lengua que ciertamente no era la suya, pero de la que no consiguió traer ni una sola palabra a su regreso. Tanto Orfieu como MacPhee consideran que esto confirma la teoría de que lo que ocurrió entre él y su Doble fue un auténtico intercambio de cuerpos. Cuando la conciencia de Scudamour entró en el mundo del Otro Tiempo no adquirió ningún conocimiento nuevo en el sentido estricto de la palabra *conocimiento*, pero se encontró provista de unos oídos, una lengua y unas cuerdas vocales que se habían formado durante años para recibir y emitir los sonidos del idioma del Otro Tiempo, así como un cerebro habituado a asociar esos sonidos con determinadas ideas. Así, sencillamente se encontró hablando un idioma que, en otro sentido, no «conocía». Esta perspectiva se ve confirmada por el hecho de que si, en el Otro Tiempo, alguna vez intentaba pensar lo que iba a decir, o incluso se detenía a elegir una palabra, enseguida se quedaba sin habla. Y si no entendía lo que le decía alguien de allá, no podía señalar ninguna palabra y preguntar su significado. Cuando pronunciaba alguna frase había que entenderla como un todo. Si no había problemas y centraba su pensamiento en el tema y no en el idioma, podía entenderlo; pero no podía desglosar lingüísticamente lo dicho ni distinguir entre sustantivos y verbos ni nada por el estilo.

—Todo va bien —repitió Scudamour—. Ya te he dicho que no te picaré.

—No lo entiendo —dijo ella.

Scudamour no pudo formular bien sus palabras siguientes. Había querido decir «Gracias a Dios que no», pero parece ser que no había palabras para comunicar eso en el idioma que estaba utilizando. Por supuesto, en ese momento él no comprendía el problema lingüístico que acabo de explicar, y se sorprendió al comprobar que tartamudeaba. Pero su mente se precipitaba hacia otros aspectos de la situación.

—Me conoces, ¿verdad? —dijo.

—Claro que lo conozco —respondió ella—. Usted es el Señor de la Torre Oscura y el Unicornio de la Llanura Oriental.

—Pero tú sabes que no siempre he sido eso. Tú sabes quién soy en realidad. Camilla, ¿es que no me conoces? Tú sigues siendo Camilla, ¿no es verdad, a pesar de lo que nos hayan hecho a los dos?

—Sí, soy Camilla —dijo la joven.

Aquí debo interrumpir de nuevo. No hay ninguna probabilidad de que Scudamour pronunciara realmente la palabra *Camilla* ni de que la joven la pronunciara al responderle. Sin duda, él utilizó cualquier sonido asociado a esa mujer en el Otro Tiempo y ella le respondió con el mismo sonido. Por supuesto, se le presentaría como el nombre que conocía, cuando recordara la conversación después de su regreso, tras haber recuperado sus oídos, su cerebro y su lengua educados para hablar en inglés.

Pero esto no lo entendía en ese momento. Su respuesta confirmó su creencia de que la mujer que tenía delante era la verdadera Camilla Bembridge, atrapada como él en el mundo del Otro Tiempo.

—¿Y quién soy yo? —preguntó.

—¿Por qué me pone a prueba? —dijo la joven—. Usted sabe que es ilegal hablar con un unicornio como antes de serlo, como cuando era un hombre normal.

—No sé nada de sus leyes, Camilla. ¿Cómo pueden sus leyes cambiar lo que hay entre tú y yo?

Ella no respondió.

Scudamour dio un paso hacia ella. Estaba muy desconcertado y las respuestas de Camilla parecían quitarle lo único que le quedaba, para su cordura, en la pérdida del mundo que conocía.

—Camilla —dijo—, ¡no me mires así! No tengo ni idea de lo que nos ha pasado a los dos; pero no puede ser que ya no me ames.

La joven lo miró asombrada.

—Se está burlando de mí —dijo—. ¿Cómo puede amarme ahora que es lo que es?

—No quiero ser esto —dijo Scudamour—. Solo quiero que los dos volvamos atrás, a ser como éramos. Y aunque me quedara así cien años no cambiaría en nada mi amor por ti; sé que no tengo mucho derecho a esperar que me ames mientras yo sea... un unicornio. ¿Pero podrías soportarlo por un tiempo, hasta que regresemos? Tiene que haber una manera de regresar. Tenemos que poder cruzar de alguna manera.

—¿Se refiere a entrar en el bosque? —dijo ella—. ¿Está hablando de huir? Es imposible. Y los Jinetes Blancos nos matarían. Pero usted está tendiéndome una trampa. No siga. Yo no he dicho que fuera a ir. No he pronunciado su antiguo nombre.

No he dicho que siga amándole. ¿Por qué quiere que me arrojen al fuego?

—No entiendo nada de lo que dices —respondió Scudamour—. Parece que piensas que soy tu enemigo. Y pareces saber mucho más que yo. ¿Llevas aquí más tiempo que yo?

—Llevo aquí toda mi vida.

Scudamour dejó escapar un gemido y se llevó la mano a la cabeza. Al instante la apartó con un grito de agonía. Si aún le quedaba alguna duda sobre si tenía un aguijón en la frente, aquí estaba la prueba inapelable. Solo le salió una gota de sangre en la mano, pero estaba mareado por el dolor y sentía el hormigueo del veneno bajo su piel. Apareció en su mente la terrible expectativa de convertirse en un Espasmódico, pero se ve que el cuerpo de un Aguijoneador es inmune a los plenos efectos de su propio virus. Tuvo la mano dolorida e hinchada varios días, pero por lo demás resultó ileso. Mientras tanto, el accidente tuvo un resultado que hizo que el dolor le pareciera un precio barato. La tensión de su cabeza se relajó, las punzadas disminuyeron y el deseo de aguijonear desapareció. Se sintió de nuevo dueño de sí mismo.

—Camilla, querida —dijo—, nos ha pasado algo horrible a los dos. Te diré lo que yo creo, y luego tú debes decirme qué piensas tú. Pero me temo que le han hecho algo a tu memoria que no le han hecho a la mía. ¿No recuerdas ningún otro mundo, ningún otro país, aparte de este? Porque yo sí. Me parece que hasta hoy tú y yo vivíamos en un lugar bastante diferente, donde vestíamos de otra manera y vivíamos en casas que no se parecen en nada a estas. Y allá estábamos enamorados y éramos felices juntos. Teníamos muchos amigos y todos eran amables con nosotros y nos deseaban lo mejor. Allá no había Aguijoneadores ni Espasmódicos, y no me había crecido en la frente esta horrible protuberancia. ¿No te acuerdas de todo esto?

Camilla sacudió la cabeza con tristeza.

—¿Qué recuerdas? —pregunté.

—Recuerdo haber estado siempre aquí —dijo—. Recuerdo mi infancia, y recuerdo el día en que nos conocimos, junto al puente roto donde empieza el bosque, y usted era solo un niño y yo una niña. Y recuerdo cuando murió mi madre y lo que usted me dijo al día siguiente. Y luego lo felices que éramos, y todo lo que pensábamos hacer, hasta el día en que usted cambió.

—Pero te acuerdas de mí en todas esas cosas, del verdadero YO. ¿No sabes quién soy?

Entonces la joven se levantó y lo miró directamente a la cara.

—Sí —dijo ella—. Usted... tú eres Michael.

Una vez más, no creo que las sílabas que pronunció fueran realmente las que he escrito; pero a Scudamour le pareció oír su propio nombre. Y le pareció que ella hablaba con la firmeza de una mártir, que ponía su vida en sus manos. Comprendió —en parte entonces y plenamente antes de abandonar ese mundo— que, si él hubiera sido el verdadero Aguijoneador, la mención de su nombre habría significado la muerte para ella. Deduzco que fueron estas palabras y la mirada de ella al pronunciarlas lo primero que despertó en él la seria sospecha de que no se trataba de la verdadera Camilla. Él mismo, como leal enamorado, no podía explicar sus razones. Lo más cerca que estuvo de ello fue decir que la verdadera Camilla era «muy sensata». El resto de nosotros, que durante su ausencia tuvimos la oportunidad de conocer bastante bien a su prometida, lo expresaríamos con menos rodeos. Ella no era el tipo de joven que arriesgaría su vida, ni siquiera su comodidad, en aras de la verdad en el amor o en cualquier otra cosa.

—Tienes razón —dijo—. Tú eres Camilla y yo soy Michael, por los siglos de los siglos, nos hagan lo que nos hagan a nosotros o a nuestras mentes para confundirlas. Aférrate a eso. ¿Puedes creer lo que te he estado diciendo: que no somos de aquí, que venimos de un mundo mejor y que tenemos que volver a él si podemos?

—Es muy difícil —dijo la joven—. Pero lo creeré si me lo dices.

—Bien —dijo Scudamour—. Ahora cuéntame lo que sabes de este mundo. Parece que no sabías por qué te han traído aquí.

—¿Qué quieres decir? Claro que lo sabía. Venía a beber de la vida más plena, a ser una sierva del Gran Cerebro. Venía porque habían dicho mi nombre, y ahora que te había perdido me alegré bastante.

Scudamour dudó.

—Pero, Camilla —dijo—, cuando te dije que no iba a... picarte, no pareciste entenderlo.

Ella se sobresaltó ante sus palabras y luego lo miró con un rostro lleno de asombro. Uno podía ver cómo quedaban trastocadas las concepciones de toda una vida. Por fin habló, casi en un susurro.

—¡De modo que así es como se hace! —dijo.

—¿Quieres decir que no lo saben? —preguntó él.

—Ninguno de nosotros lo sabía. Nadie ve a un Aguijoneador después de que él recibe su vestidura, o al menos ninguno de nosotros, de la gente común. No sabemos ni siquiera dónde está, aunque se cuentan muchas historias. Cuando entré en esta sala no sabía que lo encontraría. Nos dicen que entremos sin mirar atrás y que recemos nuestra oración a... a él.

Aquí ella señaló por encima del hombro de Scudamour, y al mirar hacia atrás se encontró cara a cara con aquel ídolo de la multitud de cuerpos que casi había olvidado. Miró a Camilla y vio que se inclinaba ante el ídolo y movía los labios.

—Camilla, no, no —dijo en seguida Scudamour, movido por un impulso que supuso irracional. Ella se detuvo y lo miró. Luego, poco a poco, un rubor se apoderó de su rostro y bajó los ojos. Ninguno de los dos, tal vez, entendía por qué.

—Continúa —dijo Scudamour en ese momento.

—Nos dicen —prosiguió Camilla— que recemos a su imagen, y entonces él mismo llegará por detrás y pondrá sus cien manos sobre nuestras cabezas y nos insuflará la vida superior para que no vivamos ya con nuestra propia vida, sino con la suya. A nadie se le ha ocurrido que pudiera ser el Hombre Unicornio. Nos dijeron que sus aguijones no los tenían por nosotros, sino por nuestros enemigos.

—¿Pero los que han pasado por aquí no lo cuentan?

—¿Cómo iban a contarlo?

—¿Por qué no?

—Si no hablan.

—¿Quieres decir que son mudos? —dijo Scudamour.

—Son... no sé —dijo la chica—. Van a lo suyo sin necesidad de palabras porque viven con una vida compartida que es superior a la suya. Están por encima del habla.

—Pobres criaturas —dijo Scudamour, en parte para sí mismo.

—¿Quieres decir que no son felices? —dijo la chica—. ¿Eso también es mentira?

—¿Felices? —dijo Scudamour—. No lo sé. Al menos, no con ninguna clase de felicidad que nos interese a nosotros.

—Nos dicen que un solo momento de su vida es una dicha tal que supera todo lo mejor y más apetecible que los demás podríamos disfrutar en mil años. ¿Tú no lo crees?

—Yo no lo quiero.

Ella lo miró con ojos llenos de amor. Él pensó para sí que Camilla no lo había amado tanto en el viejo mundo. No se atrevió a acercarse y besarla, su aguijón se lo impedía. Sin duda, podía apartar la cabeza; aquello tenía arreglo, pero la idea de acercar su rostro al de ella, tal y como estaba ahora, le producía cierto horror.

Se produjo entre ellos un silencio de más o menos un minuto. Él entendió que debía aprender mucho más de este extraño país y que tenían que hacer planes; pero la misma profundidad de su ignorancia y la cantidad de preguntas que quería hacer le impedían comenzar. En esto, poco a poco se fue dando cuenta de que había mucho ruido en el exterior de la torre oscura y que aumentaba rápidamente. Desde su entrada en el Otro Tiempo, en efecto, se había escuchado una buena cantidad de ruidos lejanos: ruidos de martillos y llamadas de obreros, que ahora notaba, aunque hasta ese momento no les había prestado atención. Pero esos ruidos habían desaparecido. Lo que escuchaba ahora era más bien confusión y disturbios. Había gritos y vítores mezclados con silencios repentinos y luego el sonido de muchos pies moviéndose a toda prisa.

—¿Sabes lo que está pasando? —dijo, mientras echaba una rápida mirada por la sala y caía en la cuenta de que las ventanas, de cristal, oblongas, estaban muy por encima de su cabeza y no había manera de ver lo que ocurría fuera.

Antes de que Camilla pudiera responder, la puerta se abrió de repente. No era una de las puertas del estrado, sino la del extremo más alejado, donde estaban los asientos de piedra. Un hombre entró precipitadamente en la sala, e hincando una rodilla tan rápido que parecía haber caído, gritó:

—¡Los Jinetes Blancos, señor! ¡Los Jinetes Blancos casi están aquí!

VI

SCUDAMOUR NO TUVO tiempo de pensar en su respuesta, y eso fue lo que lo salvó. Casi sin que interviniera su voluntad, se encontró respondiendo con la voz firme y fría de alguien acostumbrado a mandar:

—Bien. ¿No conocen su deber?

Su cuerpo estaba repitiendo alguna lección que sus nervios y músculos habían aprendido antes de su entrada en él; y fue un éxito rotundo. El recién llegado se estremeció un poco, como un perro regañado, y dijo con voz más humilde:

—Sí, señor. ¿Hay nuevas órdenes?

—No hay nuevas órdenes —contestó Scudamour con una perfecta compostura, y el hombre, haciendo una reverencia casi hasta el suelo, desapareció al instante.

Por primera vez desde que había pasado por el cronoscopio, Scudamour sintió ganas de reírse; empezaba a disfrutar de los exagerados faroles que al parecer iba a tener que marcarse. Al mismo tiempo, lo tenía muy desconcertado el aspecto de este hombre, que no parecía entrar en ninguna de las categorías conocidas de la sociedad del Otro Tiempo. Scudamour solo pudo describirlo como un Aguijoneador sin aguijón. Tenía toda la apariencia de la casta de los Aguijoneadores, excepto la túnica negra, el cabello negro y el rostro pálido.

Habría preguntado a Camilla quién y qué era ese hombre, pero el ruido que llegaba de fuera reclamaba ahora toda su atención. Oyó más vítores, voces airadas, gritos de dolor, choque de acero contra acero y, sobre todo, el estruendo de los cascos.

«Tengo que ver qué pasa —se dijo—. Tal vez si me subo en la silla...», pero esta estaba fijada al suelo, o era demasiado pesada para moverla, y no pudo arrastrarla hasta debajo de las ventanas. Se dirigió al extremo de la sala y se subió al asiento de piedra; luego volvió al estrado. Se puso de puntillas y estiró el cuello, pero no podía ver nada más que el cielo. El ruido iba en aumento. Era evidente que se estaba librando algo parecido a una batalla. Ahora se oían grandes golpes, como si el enemigo estuviera golpeando la puerta de la torre oscura.

—¿Quiénes son estos Jinetes Blancos? —dijo.

—Oh, Michael —dijo Camilla con un gesto de desesperación—, ¿hasta eso has olvidado? Son los salvajes, los devoradores de hombres, que han destruido casi todo el mundo.

—¿Casi todo el mundo?

—Claro. Y ahora han venido acá. La mitad de la isla está en sus manos. Pero tú deberías saberlo. Por eso somos cada vez más los que tenemos que entregarnos al Gran Cerebro, y por eso debemos trabajar más tiempo y vivir más, ya que solo somos un remanente. Estamos entre la espada y la pared. Cuando nos hayan matado habrán destruido todo el mundo del hombre.

—Ya veo —dijo Scudamour—. Ya veo. No sabía nada.

En efecto, esto le hacía ver las cosas de una forma totalmente nueva. Al estudiar el Otro Tiempo a través del cronoscopio se había quedado absorto en la pura maldad, a su juicio, de lo que veía; no se le había ocurrido indagar en sus orígenes, quizá en sus justificaciones.

—Pero, Camilla —dijo—, si solo son salvajes, ¿por qué no los hemos derrotado?

—No lo sé —dijo ella—. Son muchos y muy grandes. Son más difíciles de matar que nosotros. Y crecen muy rápido. Nosotros tenemos pocos hijos, ellos tienen muchos. No sé mucho de eso.

—El ruido parece estar disminuyendo. ¿Crees que nuestros hombres están todos muertos? —preguntó, y se horrorizó al descubrir que había llamado «nuestros hombres» a los del Otro Tiempo.

—Si los Jinetes hubieran entrado en la Torre habría más ruido —dijo Camilla.

—Es cierto —dijo Scudamour—. Tal vez los hayan derrotado.

—Tal vez no fueran muchos. Es la primera vez que llegan hasta aquí. La próxima vez vendrán más.

—¡Escucha! —dijo Scudamour de repente. Ahora parecía haber un silencio casi total en el exterior, y en el silencio una sola voz, que gritaba con monotonía y a gran volumen como si se estuviera haciendo una proclamación. No pudo captar lo que decía. Luego regresó el ruido de los cascos, pero ahora menguando gradualmente.

—Se han ido —dijo Camilla.

—Eso parece —dijo Scudamour—, y para ti y para mí, querida, eso puede ser tan malo como si hubieran ganado. Ese hombre volverá en cualquier momento. ¿Y ahora qué voy a hacer contigo? ¿Me dejarán tenerte aquí si no te he picado?

—Si les dices que no soy apta para ser sierva del Gran Cerebro me arrojarán a la hoguera.

Sus palabras le recordaron bruscamente a Scudamour la realidad. No volvería a llamar «nuestros hombres» a esas criaturas.

—¿Y si digo que debes quedarte aquí, tal y como estás?

Ella lo miró con asombro.

[Aquí falta el folio 49 del manuscrito].

[...] ser una gente triste.

—Yo diría, me atrevería a decir... Y tal vez también una gente celosa, envidiosa y maliciosa.

—Me estás enseñando todo el tiempo a decir cosas que no nos atrevemos a pensar.

—¡Escucha! —dijo Scudamour.

La puerta se abrió de nuevo y apareció el mismo asistente con su túnica negra.

—Salve, Señor —comenzó, hincando la rodilla—. Como todos sabían, has vencido a los bárbaros y has extendido el terror de tu nombre entre ellos.

—Cuéntame —dijo Scudamour.

—Salieron del bosque desde el norte —dijo el hombre—, galopando tan rápido que llegaron casi al mismo tiempo que sus exploradores, y los tuvimos encima antes de que las tropas pudieran recibir órdenes. Llegaron directamente a la puerta norte y algunos de ellos desmontaron; tenían un árbol talado como ariete. Parecían no importarles los obreros que se armaban con lo primero que encontraban y se lanzaban sobre ellos. Los Jinetes tenían más intención de amenazarlos que de luchar, y como los obreros no se arredraban por las amenazas, los golpeaban débilmente y sin decisión, incluso utilizando las culatas de sus lanzas. Mataron a muy pocos. Cuando llegaron las tropas fue otra cosa. Los Jinetes los atacaron con lanzas y los hicieron retroceder dos veces. Luego parecieron desanimarse y no quisieron cargar por tercera vez. Dejaron de arremeter contra la puerta, se juntaron y entonces su líder gritó un mensaje. Después huyeron.

Por la apariencia del mensajero, Scudamour dedujo que no había participado en lo que contaba. También empezó a pensar que los del Otro Tiempo tenían ideas extrañas sobre qué era una victoria.

—¿Qué decía el mensaje? —preguntó.

El hombre parecía abochornado.

—No se puede... —comenzó—. Estaba repleto de viles blasfemias.

—¿Cuál era el mensaje? —repitió Scudamour en el mismo tono.

—El Señor de la Torre Oscura querrá sin duda que se lo cuente a solas —dijo el hombre, que ya había mirado varias veces a Camilla. Luego, haciendo de tripas corazón, añadió—: ¿Y esta mujer, señor? ¿Aún no ha bebido de la vida más plena? Sin duda, el señor fue interrumpido por la llegada de los Jinetes.

—Ella no va a probar esa vida por el momento —dijo Scudamour con audacia.

—¿La echamos al fuego entonces? —dijo el hombre, con aire despreocupado.

—No —respondió Scudamour, cuidándose bien de que sus emociones no llegaran a su voz—. Tengo otro trabajo para ella. Debe alojarse aquí en mis aposentos, y, óyeme bien, trátenla como si fuera yo mismo.

Se arrepintió de estas últimas palabras nada más decirlas; habría sido más prudente, pensó, no mostrar ninguna solicitud especial. No pudo leer el rostro del hombre. Suponía que él pensaría que deseaba a Camilla como amante, y no le inquietaba que los deseos de ella tuvieran peso alguno en el sistema social del Otro Tiempo; pero no sabía si algo así cuadraba con el carácter de un Aguijoneador.

—Oír es obedecer —dijo el asistente y, levantándose, abrió la puerta e hizo un gesto a Camilla para que lo siguiera. Esto último no era lo que ninguno de los dos deseaba, y no hubo oportunidad de intercambiar palabras. Lo más importante era no despertar ninguna sospecha innecesaria. Camilla vaciló un instante y se fue.

Al quedarse solo, Scudamour sufrió una repentina reacción por la tensión de la última hora. Descubrió que le temblaban las piernas y se hundió en su silla. Intentó pensar en su siguiente movimiento. Habría sido más fácil si no le doliera tanto la cabeza.

El respiro duró solo unos minutos; el asistente regresó. Se arrodilló como antes, pero había un sutil cambio en su voz al comenzar.

—Fue todo muy rápido, como ya le he contado. Intentaron evitar a los obreros, como hacen siempre, y los obreros no querían ponerse al alcance de sus lanzas. Cuando llegaron los Espasmódicos, fue como siempre. Parece que no saben apartarse del camino de los caballos. Hagamos lo que hagamos, no conseguimos que se muevan como hombres de verdad y cambien de dirección. Siguen su curso fijado.

—¿Y el mensaje?

—Oh, el mismo que han dado en otros lugares, que quien les lleve..., el señor de la Torre me disculpará, quien les lleve en sus manos un aguijón, cortado de la cabeza de un unicornio, será muy bienvenido, él y todo su grupo, y lo harán un grande entre ellos. Me temo que muchos lo han oído.

—No importa —dijo Scudamour. Aquel comentario críptico le salió al instante de la boca y le fue bastante útil, pero ya no supo qué más decir cuando el asistente comenzó de nuevo.

—¿Y la mujer, Señor? —dijo tímidamente.

—¿Qué pasa con ella? —replicó Scudamour.

—Es poco probable que hubiera un error en su elección para ser aguijoneada. Se tuvo todo el cuidado. El parecido es muy grande.

Estas últimas palabras le hicieron sentir un escalofrío. Su significado era obvio: que la mujer del Otro Tiempo era como la Camilla Bembridge de su tiempo, o, como prefería pensar, que alguna vez habían existido ambas dobles, aunque ahora, de alguna manera, Camilla estaba presa con él en el mundo equivocado. No se le había ocurrido que el hombre del Otro Tiempo lo supiera.

De repente, la intensa complejidad del problema se precipitó sobre su mente y lo dejó sin palabras. Pero ahora no debía detenerse a pensar, tenía que evitar a toda costa el silencio. Al final dijo con tono serio:

—Hay otras cosas que hacer antes.

El hombre lo miró fijamente.

—El señor recordará que el unicornio que intenta esas cosas no acaba bien. —Luego, tras una breve pausa, añadió—: Pero no tenga el Señor ningún temor de *mí*. Yo le guardaré el secreto. Yo soy su hijo y su hija.

En nuestro mundo, esas palabras difícilmente se habrían pronunciado sin alguna especie de guiño de confidencialidad, pero ni siquiera la máscara de seriedad del rostro del hombre pudo ocultar su significado. Es bastante curioso, en mi opinión, que Scudamour sintiera el anticuado deseo de darle un buen puñetazo en la cara; una indignación de otro tiempo, victoriana si se quiere, como si insultara a Camilla. Porque la Camilla Bembridge de verdad era lo que se llama «moderna». Tenía tanta libertad para hablar de cosas que su abuela no podía ni mencionar que Ransom dijo una vez que se preguntaba si existía algo para lo que no se sintiera libre de hablar. No habría sido difícil sugerirle una relación como amantes; no creo que hubiera tenido éxito a menos que le ofreciera una muy buena seguridad, pero no habría reaccionado con lágrimas ni rubor ni indignación. Y Scudamour, por lo que se deduce, se había contagiado de su talante. Pero aquí se sentía diferente. Quizás nunca había sido tan «moderno» en el fondo. En cualquier caso, ahora sentía unas ganas enormes de golpear a ese hombre. La idea de compartir un secreto, y uno tan importante, con él lo exasperaba. Retomó su actitud altanera.

—No seas necio —dijo—. ¿Cómo vas a saber tú lo que tengo en mis pensamientos? Lo que te debe importar es cuánto tiempo guardaré yo *tu* secreto, o si estoy dispuesto a olvidar lo que has dicho.

En ese momento le llegó una inspiración a Scudamour. Era muy arriesgado y si hubiera tenido tiempo de sopesar los riesgos quizá no lo hubiera hecho. Se volvió hacia el cronoscopio roto:

—¿Esto no te dice nada? —dijo—. ¿Crees que este no es momento para planear o hacer algo fuera de lo habitual?

El hombre abrió más los ojos; quizás estaba realmente impresionado.

—Soy su hijo y su hija. ¿Lo han roto *ellos*?

Scudamour movió la cabeza en un gesto que, esperaba, se entendiera como una señal de asentimiento o como un mero rechazo reflexivo a responder.

—¿Tengo el permiso del señor para hablar? —dijo el hombre.

—Habla —dijo Scudamour.

—¿Piensa el señor utilizar el cerebro de la mujer? ¿No sería un despilfarro? ¿No serviría también cualquier cerebro común?

Scudamour se sobresaltó. Sabía que Orfieu había tenido grandes problemas para encontrar un preparado equivalente a la sustancia Z del cerebro humano, un elemento necesario en su cronoscopio. Era obvio que los del Otro Tiempo tenían un método más sencillo.

—No tienes ni idea de lo que hay que hacer —dijo fríamente.

Durante toda la conversación se había estado recordando a sí mismo lo insensato que era empezar insultando y enemistándose con el primer habitante del Otro Tiempo que había conocido, pero se veía obligado a hacerlo de continuo. Su única baza en este nuevo mundo era su superioridad oficial como Aguijoneador y el único medio de disimular su ignorancia era hacer valer esa superioridad. Pero sintió que ya casi había llegado al límite.

—Tráeme algo de comer —dijo.

—¿Aquí, Señor? —dijo el asistente, con aparente sorpresa.

Scudamour vaciló. Su principal propósito al pedir comida era conseguir unos momentos a solas, pero ahora se le ocurrió que era mejor que empezara cuanto antes a explorar, a averiguar sobre las estancias y pasadizos que había a su alrededor.

—Sírvanme la comida en el lugar de costumbre —dijo.

El asistente se levantó y abrió la puerta, haciéndose a un lado para que Scudamour pasara. Por mucho que odiara la sala de los bajorrelieves, no pudo evitar un temblor al cruzar el umbral, pues no tenía ni idea de lo que podría esperarle. Se encontró en una sala mucho más grande: un vestíbulo oblongo de piedra decorada que tenía muchas puertas. En un extremo había doce o quince aguijoneadores sin aguijón sentados juntos en el piso. Se levantaron y se inclinaron, o, según le pareció, incluso se postraron, pero antes de ello pudo ver que todos habían estado cuchicheando con las cabezas juntas y examinando afanosamente un montón de objetos esparcidos por el piso a su alrededor como los juguetes en el cuarto de un niño. De hecho, eran cosas que bien podría haber utilizado un niño para jugar a las tiendas. Había cajitas, tarros y cuencos, botellas, tubos, paquetes y cucharas diminutas.

Scudamour supo mucho más tarde qué significaba todo aquello, pero bien puedo mencionarlo aquí. La verdad es que los parientes sin aguijón de los Aguijoneadores —a los que podemos llamar los Zánganos— solo tienen un interés en la vida. Todos están esperando que les crezca el aguijón. Pasan casi todo su tiempo libre en el laboratorio, elaborando todo tipo de pócimas milagrosas que creen que podrán traerles la codiciada protuberancia. A veces se trata de medicamentos para beber, a veces de polvos y emplastos para la frente, a veces de incisiones y cauterizaciones. Unos se basan en la dieta, otros confían en algún tipo de ejercicio. Scudamour cuenta que le recordaban mucho a los jugadores empedernidos que uno encuentra pululando por los alrededores de cualquier gran casino, cada uno con su receta infalible para hacerse rico. Y, al igual que los ludópatas, estos parecían tener una esperanza que ninguna experiencia podía derribar. Muy pocos de ellos —quizás ninguno, por lo que pudo saber— habían tenido éxito. Año tras año veían cómo jóvenes a los que el capricho de la naturaleza había prodigado el aguijón se sucedían en los puestos de poder mientras ellos envejecían entre sus experimentos. A menudo, si entraba sin avisar en la antesala, Scudamour oía fragmentos de su conversación entre susurros: «Cuando me haya crecido el aguijón...», «Ahora que he encontrado el tratamiento definitivo...», «Claro, casi seguro que yo ya no estaré aquí el año que viene».

El asistente lo condujo a través de este vestíbulo a otra sala más pequeña, donde observó con decepción las mismas ventanas altas. Aquí fue donde le sirvieron la comida. Para su alivio, el asistente no mostró ninguna intención de quedarse a atenderlo.

Era de suponer que el cuerpo que Scudamour habitaba ahora llevaba algún tiempo sin alimentarse, y se encontró dirigiéndose hacia su comida con presteza. Tenía mucha hambre y sed y se llevó con ansia a los labios una copa de plata que parecía estar llena de agua. Al instante, lo dejó en el suelo lleno de estupor. Puede que hubiera algo de agua en ella, pero la mayor parte era algún tipo de licor, un líquido áspero y ardiente que dejaba la boca reseca. Se sorprendió de que no le disgustara más. Entonces se dio cuenta de que había tomado una fruta de la bandeja que tenía delante y empezó a comérsela con la facilidad de una arraigada costumbre. Era muy parecida a un caqui y al principio no podía entender el placer con que la comía, pues siempre le habían disgustado los caquis. De ahí pasó a un brebaje seco y gris en un cuenco de madera. Consistía en pequeñas partículas grises, muchas de ellas de textura arenosa. Toda la comida, en efecto, era de naturaleza seca, fuerte y adusta; y todo el tiempo disfrutó de lo que comía con una curiosa sensación de que era antinatural disfrutar de aquello. Solo cuando hubo satisfecho tres cuartas partes de su hambre entendió el porqué. Estaba experimentando los placeres de un cuerpo ajeno; el paladar y el estómago que disfrutaban de esos alimentos y estaban habituados a ellos no eran los suyos. Y con el descubrimiento llegó una sensación de horror. Tal vez era con esta misma dieta con lo que se mantenía el veneno de un Aguijoneador. Tal vez... no estaba seguro de que no hubiera insectos, o algo peor, en ese mejunje gris. Apartó su silla de la mesa y se levantó. Intentaba recordar algo, alguna advertencia de un cuento de hadas que había escuchado mucho antes de ir a la escuela. No pudo acordarse del todo, pero entendió que era mejor que ingiriera lo menos posible de esa comida. Pensó en las sospechas que despertaría si pedía otra cosa. Mientras tanto, tenía que averiguar dónde habían llevado a Camilla.

Salió a la sala oblonga y el mismo asistente se levantó de su asiento entre los otros Zánganos y se acercó a él. En respuesta a sus preguntas, el hombre le explicó, por lo que pudo entender, que había dejado a Camilla en el dormitorio de Scudamour. Hablaba casi en un susurro. El deseo de mostrar una relación de complicidad con su amo era más claro que antes. Sus modales eran un poco menos de deferencia y más de insinuación. Scudamour volvió a asumir un aire altivo. Hizo que lo condujera hasta Camilla —y de paso así supo cuál era su propio dormitorio— y luego buscó otro alojamiento para ella. No pudieron hablarse a solas, ni siquiera intercambiar alguna mirada imprudente, pero al menos ahora sabían dónde se encontraba el otro. A Scudamour le sorprendió el número de dormitorios y se preguntó quiénes serían los huéspedes habituales de un Aguijoneador. Después de dar nuevas órdenes para que Camilla fuera bien cuidada y nadie la molestara, hizo un recorrido por todas las salas. Lo siguieron a todas partes su asistente y las miradas de todos los Zánganos. Esto no le agradaba y sintió que lo que estaba haciendo podría levantar sospechas. Pero había que arriesgarse, ya que la primera condición para elaborar cualquier plan era conocer su entorno. Lo que más le interesaba averiguar era cómo salir de sus aposentos; en cualquier momento podría querer salir a toda prisa de la torre oscura. No lo consiguió: una sala daba paso a otra en una sucesión interminable y mucho antes de haber agotado las posibilidades decidió que, al menos en esta ocasión, no era prudente continuar la búsqueda. Sin embargo, estando en esto había encontrado una biblioteca, tan grande como la antesala, con las paredes repletas de libros hasta el techo. A estas alturas, no creía que pudiera leerlos, pero la biblioteca le sirvió como pretexto para quitarse de encima al Zángano, y quería descansar.

VII

—Ojalá Ransom estuviera aquí —se dijo Scudamour, porque Ransom es filólogo.

Scudamour sabe poco de idiomas y escritos, y un vistazo a los caracteres de los lomos de los libros le convenció de que jamás sería capaz de descifrarlos. No esperaba hacerlo, y se sentó de inmediato a considerar su situación. En este momento, dos ideas peleaban en su mente. La primera era la posibilidad de reparar el cronoscopio y volver por donde había venido. Esa opción estaba plagada de dificultades. Sabía que Orfieu, en *nuestra* parte, tardaría mucho tiempo en fabricar un nuevo cronoscopio y supuso, con razón, que se necesitaban dos, uno en cada tiempo. Tampoco tenía nada claro cómo conseguir que Camilla lo acompañara en su paso. Su otra idea estaba mucho más cerca de la desesperación: una vaga esperanza de que, si el regreso era imposible, podría escapar, junto con Camilla, de la torre oscura a los territorios de los Jinetes Blancos. Estaba casi seguro de que esos bárbaros eran más humanos que el pueblo de los Aguijoneadores, y que entre ellos se podría llevar una vida no tan detestable. Pero entonces se acordó del mensaje que habían proclamado y pensó que lo que llevaba en la frente lo excluiría, a él más que a nadie, de cualquier alianza con ellos. Y con esa reflexión le sobrevino de nuevo un horror que se rebelaba ante la monstruosidad en la que se había convertido, y se levantó y paseó angustiado por la silenciosa estancia.

Entonces llegó la sorpresa. Había dado tal vez seis o siete vueltas así cuando, sin apenas darse cuenta, se detuvo en un extremo de su recorrido, tomó un volumen de los estantes y, para su asombro, descubrió que había leído una o dos líneas con facilidad. Sin duda, tenía que haberlo previsto. El cuerpo que utilizaba ya se había paseado por esa biblioteca, se había detenido y había tomado un libro en el pasado; y la mente de Scudamour, que utilizaba los ojos del Aguijoneador, podía leer sus libros de la misma manera que podía hablar en el idioma del Otro Tiempo.

Solo sus propias dudas y sus esfuerzos conscientes le habían impedido entender los títulos cuando entró en la biblioteca.

Las líneas que había leído decían: «Hay que recordar que ni siquiera los instruidos tenían, en esa época, concepción alguna de la naturaleza real del tiempo. El mundo, para ellos, poseía una historia unilineal de la que no se podía escapar, al igual que para el común de las personas de hoy en día. Por lo tanto, era muy natural que...».

El pasaje derivó hacia algún asunto histórico que no le interesaba. Pasó a toda prisa varias páginas, pero el contenido del libro parecía ser histórico en su totalidad, no vio más referencias al tema del tiempo. Estaba empezando a dudar si sentarse a leer el libro desde el principio, y entonces descubrió que tenía un índice. Por suerte, ahora estaba demasiado entusiasmado como para detenerse y preguntarse si conocía el alfabeto del Otro Tiempo. Le fue fácil encontrar la palabra «tiempo», pero el único pasaje al que remitía desde el índice resultó ser el que ya había leído. Por un momento, sus investigaciones se quedaron en un *impasse*. Entonces descubrió que el libro que tenía en sus manos era parte de una serie, una historia en muchos volúmenes. Lo devolvió a su sitio y probó el volumen de su derecha, pero, tras unos minutos de comparación, se convenció de que no trataba un periodo posterior, sino uno anterior. Tal vez los habitantes del Otro Tiempo colocaban los libros en una estantería en lo que nosotros consideramos el orden incorrecto. Probó con un volumen a la izquierda y al principio no pudo validar su conjetura. Iba a tardar más de lo que pensó, y tuvo que llegar a las páginas finales del volumen original mirando de forma bastante exhaustiva. Se trataba de una historia absolutamente desconocida para él. Un pueblo llamado los Oscuros estaba siendo reprimido «con grande pero necesaria severidad», aunque no pudo descubrir si se trataba de una secta, una nación o una familia importante. Sin embargo, aprendió lo suficiente como para decidir que el volumen de la izquierda contenía la continuación. Fue a su índice y encontró una veintena de referencias al «tiempo», pero todas igual de crípticas. Se le recordaba constantemente al lector que «aún prevalecía una ignorancia total sobre este tema fundamental» que «aún no se había cuestionado la visión monista del tiempo que la experiencia inmediata parece sugerir» o que «las detestables supersticiones de la Edad Oscura aún tenían un asidero en la visión pesimista del tiempo que entonces estaba vigente», y esto lo llevó de inmediato al siguiente volumen. Estaba seguro de que se acercaba al corazón del misterio. Puso el libro en una mesa en el centro de la sala y se sentó a leer con toda su atención.

En el índice de este volumen había muchas referencias bajo la palabra «tiempo». Probó la primero y leyó: «La nueva concepción del tiempo estaba destinada a mantenerse por siglos en un interés puramente teórico, pero esto no debe llevarnos a subestimar sus efectos». Estaba entusiasmado. «Como ya se ha señalado, la revolución que se produjo en nuestro conocimiento del tiempo no nos había dado todavía ningún poder para controlarlo, pero había modificado profundamente la mente humana». Había docenas de declaraciones similares y Scudamour, más acostumbrado a los laboratorios que a las bibliotecas, empezó a sentirse impaciente. Desesperado, volvió a la primera página del libro y, tras leer unas pocas líneas, lo arrojó lejos con rabia, pues comenzaba con la afirmación de que «este no es lugar» para un relato de los descubrimientos de cuyos resultados históricos se ocupaban principalmente las páginas siguientes.

«Dan por sentado que lo sabemos», se dijo Scudamour con sorna. Luego recogió el volumen, lo reemplazó y comenzó a estudiar otros títulos. Muchos de ellos le resultaron imposibles de entender. Se dio cuenta de que cualquiera de ellos, o ninguno, podía contener lo que él quería saber, y que no tendría tiempo —al menos eso esperaba— para leer todo el fondo de la biblioteca.

Un libro titulado algo así como *La naturaleza de las cosas* parecía prometedor, y su contenido captó su atención por algún tiempo, no porque le sirviera, sino porque le asombraba. Por mucho que esta gente supiera sobre el tiempo, sabía muy poco sobre el espacio. Leyó que la Tierra tenía la forma de un platillo, y que no se podía llegar al borde porque uno se resbalaba por la pendiente «como demuestra la experiencia de los marineros», que el Sol estaba a veinte millas de altura, y que las estrellas eran «combustiones del aire». De alguna manera, esta ignorancia lo reconfortó. El siguiente libro —*Ángulos del tiempo*— tuvo el efecto contrario. Comenzaba: «Un tiempo no controlado que se mueve en la dirección de atrás adelante está sujeto, como bien es sabido, a fluctuaciones durante las cuales pequeñas extensiones del tiempo (digamos, de 5 centésimas de segundo) formarán un ángulo medible con la dirección de atrás adelante. Suponiendo que este ángulo aumente hasta llegar a un ángulo recto, este tiempo se moverá de *exentre* a *posintrás* [así aparecieron estas dos palabras en la memoria de Scudamour cuando nos contó la historia] y cortará un tiempo que idealmente es normal en ángulos rectos. En el momento B de la intersección, toda la serie de acontecimientos de cada uno de estos tiempos será entonces contemporánea a la de los que viven en el otro».

¿No era un disparate? La puerilidad de los conocimientos de geografía del Otro Tiempo sugería que esto podría ser igual de ridículo, pero entonces le asaltó un pensamiento inquietante. ¿Y si esta raza se hubiera especializado en el conocimiento del tiempo y la nuestra en el conocimiento del espacio? En ese caso, ¿no serán nuestras concepciones del tiempo tan erróneas como la Tierra en forma de platillo y las estrellas aéreas de los del Otro Tiempo? Las ideas astronómicas de Scudamour parecerían tan absurdas en el Otro Tiempo como para él lo era esta extraña doctrina de los ángulos y las fluctuaciones temporales; no por ello dejaban de ser ciertas. Siguió leyendo.

«Pongamos que el momento de intersección es X. X será entonces un momento histórico común a los dos tiempos; en otras palabras, el estado total del universo en el tiempo A en el momento X será idéntico al estado total del universo en el tiempo B en el momento X. Ahora bien, los estados o eventos similares tienen resultados similares. Por tanto, todo el futuro del tiempo A (es decir, todo su contenido en la dirección hacia delante) será un duplicado de todo el futuro del tiempo B (es decir, de todo su contenido en la dirección exentre)».

Scudamour pensó que ya había aprendido algo sobre las duplicaciones; pasó la página con ansia: «Aquí estamos hablando de tiempos no controlados; naturalmente, el lector encontrará en otras páginas una exposición de los tiempos controlados que son, por supuesto, de una importancia práctica más evidente». Scudamour estaba más que dispuesto a buscar en esas otras páginas. Si la biblioteca tenía un orden sistemático, el libro que quería debía de estar en algún lugar cercano. Se llevó varios volúmenes. Todos hablaban del mismo tema y en todos se apreciaba un significado implícito que él no podía captar. Casi se había alejado de esta sección de la biblioteca, desesperado, cuando por fin tomó un libro aparentemente algo más antiguo que sus pares que se encontraba en el estante más alto y que más de una vez ya había obviado por parecerle que no le aportaría nada. Su título era algo así como *Primeros principios*. Leyó:

«Antiguamente se creía que el espacio tenía tres dimensiones y el tiempo solo una, y nuestros ancestros solían imaginarse el tiempo como una corriente o un fino cordón, de modo que el presente era un punto que se mueve en ese cordón o una hoja que flota en esa corriente. La dirección desde el presente hacia atrás se llamaba pasado, como se sigue llamando, y la dirección hacia delante, futuro. Lo que llama un poco más la atención es que se creía que solo existía una de esas corrientes o cordones, y que se pensaba que el universo no contenía otros acontecimientos o estados que los que ocupasen, en un punto u otro, la corriente o cordón por donde viaja nuestro presente. No faltaron, en efecto, filósofos que señalaron que esto no era más que un hecho de la experiencia y que no podíamos dar ninguna razón que explicara por qué el tiempo tenía una sola dimensión y por qué había un solo tiempo; de hecho, más de uno de los primeros cronólogos se aventuró a pensar que el tiempo podía ser en sí mismo una dimensión del espacio, una idea que nos parecerá casi fantásticamente perversa, pero que, para los conocimientos que tenían entonces, merece el elogio de la ingenuidad. Sin embargo, en general, el interés de los antiguos por el tiempo se desviaba de las investigaciones fructíferas debido a sus vanos esfuerzos por descubrir medios de lo que llamaban «viaje en el tiempo», expresión con lo que se referían simplemente a la inversión o la aceleración del movimiento de la mente por nuestro tiempo unilineal.

«Este no es el lugar [aquí Scudamour volvió a gruñir] para describir los experimentos que, en el trigésimo año de la décima era, convencieron a los cronistas de que el tiempo en que vivimos tiene fluctuaciones laterales; en otras palabras, que el cordón o la corriente no debe representarse mediante una línea recta, sino mediante una ondulada. Es difícil que nos demos cuenta de cuán revolucionario pareció este descubrimiento al principio. Las antiguas concepciones estaban tan arraigadas que leemos de pensadores que no podían concebir tal fluctuación. Se preguntaban en *qué*, o hacia *qué*, se desviaba la cuerda del tiempo cuando se desviaba de la recta; y su reticencia a permitir la respuesta obvia (que se desviaba en, o hacia el tiempo, en una dirección exentre o posintrás) dio un nuevo aliento a la doctrina perversa que ya hemos señalado, que ahora se llamaba doctrina del espacio-tiempo».

«Hasta el año 47 no encontramos una comprensión clara de la verdad, pero para el 51...».

A continuación aparecía un nombre propio que Scudamour no pudo reproducirnos, aunque lo reconoció como tal mientras leía. Sin duda, era un nombre tan familiar para los oídos de alguien del Otro Tiempo como los de Copérnico y Darwin lo son para los nuestros, pero aquí no puedo referirme a él de mejor manera que llamándolo «X».

«... para el 51, X había elaborado un mapa del tiempo que era básicamente correcto hasta donde llegaba. Su tiempo es bidimensional: un plano que X representó en el mapa como un cuadrado, pero que luego creyó de extensión infinita. La dirección de atrás hacia adelante era de izquierda a derecha, la dirección de exentre a posintrás era de arriba hacia abajo. Así, nuestro tiempo se muestra como una línea ondulada que va predominantemente de izquierda a derecha. Se representaban "Otros tiempos", que para él eran meramente teóricos, con líneas de puntos que van en la misma dirección hacia arriba y hacia abajo, es decir, hacia arriba y hacia abajo de nuestro tiempo. Este diagrama dio pie en un principio a peligrosos malentendidos, que el propio X hizo lo posible por combatir cuando, en el año 57, publicó su gran *Libro del tiempo*. En él señalaba que, aunque en su representación diagramática todos los tiempos se mostraban empezando por el lado izquierdo o posterior del cuadrado, no debía suponerse por ello que tuvieran un comienzo en algo intemporal. Esa suposición significaría, de hecho, olvidar que el lado izquierdo del cuadrado debe representar a su vez una línea de tiempo. Dado que el cuadrado que representa el plano del tiempo bidimensional es ABCD, y dadas XY y OP, dos líneas de tiempo que lo atraviesan en la dirección exentre-posintrás, es evidente que si AB y DC representan alguna realidad —es decir, si el cuadrado no es infinito, como había supuesto al principio—, también serán líneas de tiempo. Pero no es menos evidente que lo mismo ocurre con AD y BC. Habrá momentos en los que se discurra de exentre a posintrás o de posintrás a exentre. En ese caso, X y O, que desde nuestro punto de vista son los inicios del tiempo mismo, son de hecho simplemente momentos, sucesivos entre sí en el tiempo AD. Y si las direcciones de los cuatro tiempos discurren en el sentido correcto —es decir, de A a B, de B a C, de C a D, de D a A—, entonces una conciencia que lograra pasar, digamos en Y, del tiempo XY al BC, y en C del tiempo BC al CD, y así sucesivamente, alcanzaría el tiempo sin fin, y el Cuadrado del Tiempo, aunque finito, sería interminable o perpetuo».

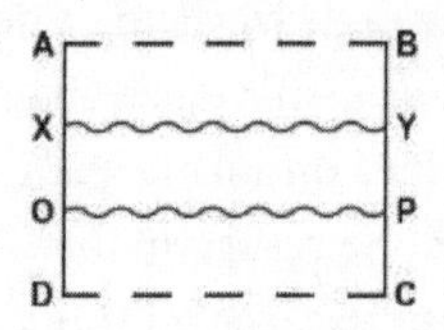

—¡No creo ni una palabra! —espetó Scudamour de repente, levantando la vista del libro, y luego se notó algo sorprendido. No estaba preparado para el disgusto que le había despertado el tipo de inmortalidad que los del Otro Tiempo, según parecía, habían acogido con entusiasmo—. Prefiero extinguirme —se encontró pensando—. Prefiero ir al cielo de arpas y ángeles que me contaban cuando era niño— se dijo. En realidad, nadie le había contado nada así, pero era víctima de un engaño bastante corriente en este tema—. Cualquier cosa antes que dar vueltas por ahí como una rata en un cubo de agua... Pero podría ser cierto de todos modos —susurró su conciencia científica.

Se volvió una vez más hacia el libro y siguió leyendo. Después de unas cuantas páginas encontró lo siguiente:

«Se dejó a los sucesores de X la tarea de encontrar el efecto práctico de su descubrimiento. En el año 60, Z, que había llegado a la cronología a partir del estudio del folclore, propuso la teoría de que ciertas criaturas fabulosas, y otras imágenes que aparecían constantemente en los mitos de pueblos muy distantes entre sí, y en los sueños, podrían ser atisbos de realidades que existen en una época muy próxima a la nuestra. Esto le llevó a su famoso experimento con el Caballo Humeante. Seleccionó este cuento de terror familiar entre los niños porque es muy particular entre esas imágenes al haber surgido en tiempos históricos, sin que se hayan encontrado pruebas de su existencia antes del siglo pasado. Mediante la técnica psicológica que desde entonces se ha hecho famosa, descubrió que podía producir el Caballo Humeante primero como un sueño y después como una alucinación, en su propia conciencia y en la de los niños con los que experimentaba. Pero también descubrió que en varios aspectos era diferente del Caballo Humeante de la tradición, e incluso del de sus primeros recuerdos. El Caballo Humeante antiguo —el preferido en el arte popular— consiste básicamente en un pequeño cuerpo cilíndrico sobre cuatro ruedas, con un llamativo surtidor arriba por donde expide el humo. Pero los Caballos Humeantes que vio Z tenían cuerpos mucho más grandes, generalmente de color verde, y ocho o diez ruedas, mientras que el surtidor se había reducido a una pequeña protuberancia en la parte delantera del cuerpo cilíndrico. Hacia el año 66 había descubierto una característica que ni siquiera se insinuaba en la tradición y los sueños no controlados, y que por tanto, sin duda alguna, era una realidad objetiva. Pudo observar que los Caballos Humeantes, al arrastrar sobre ruedas sus gigantescas cargas, no corrían por el suelo, como se suponía, sino por unas pequeñas vigas paralelas de metal liso, y que esta era la verdadera explicación de su prodigiosa velocidad».

Muy a su pesar, Scudamour leía ahora con demasiada rapidez como para asimilar todo el sentido de lo que leía. El siguiente pasaje que recuerda decía algo así.

«En el año 69, Z había conseguido confeccionar algo parecido a un mapa de ciertas partes de nuestro territorio tal como son en el Otro Tiempo. Los caminos de acero por los que se desplazan los Caballos Humeantes, y que podían rastrearse con relativa facilidad, le permitieron orientarse. Detectó la enorme ciudad del Otro Tiempo que ocupa lo que, en nuestra época, son las marismas del comienzo del estuario del Agua del Este y trazó un camino completo del Caballo Humeante desde esta hasta nuestra Ciudad de la Llanura del Este. No pudo hacer más debido a las condiciones en que trabajaba. Había acertado al elegir niños como instrumentos principales para la inspección del Otro Tiempo, porque en ellos la mente está menos condicionada por las ideas e imágenes de nuestra existencia. Las experiencias de estos niños tuvieron efectos muy desagradables, los llevaron a un terror extremo y acabaron en la locura, y la mayoría de los que utilizó tuvieron que ser eliminados antes de alcanzar la madurez. En aquella época la moral era baja —los Jinetes Blancos aún no habían llegado ni siquiera a la costa continental— y el gobierno, débil y corto de miras: se le prohibió a Z utilizar a los niños de los grupos más inteligentes, se le impusieron restricciones absurdas sobre el control disciplinario de los niños asignados, y en el año 70 este gran pionero fue asesinado.

—Gracias a... —dijo Scudamour y se detuvo en seco. No encontró la palabra que quería. Siguió leyendo.

«Los honores de la siguiente etapa de este gran descubrimiento deben repartirse entre K y Q. K, que trabajaba en la región suroeste, concentró su atención por completo en los Caballos Humeantes estacionados. En esta región podía dar con importantes colecciones de ellos. Al principio utilizó delincuentes adultos en lugar de niños, pero ya se le había ocurrido que podría usar un método diferente. Decidió construir en nuestra época la réplica más aproximada posible de un Caballo Humeante del Otro Tiempo. Fracasó una y otra vez porque la gente del Otro Tiempo siempre movía su Caballo Humeante antes de que él terminara su modelo. Sin embargo, para entonces, K había podido observar el edificio del Otro Tiempo en el que se solían estacionar los Caballos Humeantes. Con una paciencia sin límite, se propuso duplicarlo en nuestra época; por supuesto, en el *espacio* exacto que ocupaba el edificio del Otro Tiempo. Los resultados superaron todas las expectativas. Los Caballos Humeantes e incluso los seres humanos del Otro Tiempo se hacían ahora visibles, de una forma débil pero continua, incluso para los observadores no adiestrados. Así nació la teoría de la atracción del tiempo y se formuló en la ley de K, según la cual «dos líneas temporales cualesquiera se aproximan en el grado exacto de la semejanza que existe entre sus contenidos materiales». Ahora era posible, por así decirlo, ponernos ante un tiempo ajeno cuando quisiéramos; aún quedaba por saber si podíamos producir algún efecto sobre él, si estábamos a una distancia prudencial. K resolvió el problema con su célebre «Intercambio». Consiguió observar a una niña de unos diez años que vivía con sus padres, en las condiciones de extraordinaria indulgencia que en el Otro Tiempo parecen permitir tanto el Estado como la familia. A continuación, tomó a una de nuestras hijas, de la misma edad y con el físico más parecido posible, y le hizo tomar conciencia de su equivalente del Otro Tiempo, sobre todo en los momentos en que las experiencias de esta última podrían atraerla. Al mismo tiempo, la trató con la mayor severidad. De este modo produjo en su mente un fuerte deseo de intercambiar su lugar con la otra, y entonces las yuxtapuso, mientras esta dormía, y simplemente ordenó a la niña de este tiempo que escapara de él si podía. El experimento tuvo éxito. La niña se durmió y se despertó sin conocer, aparentemente, su entorno y, al principio, sin miedo a K. Siguió preguntando por su madre y suplicando que se le permitiera «volver a casa». Se aplicaron todo tipo de pruebas y no cabe duda de que se produjo un verdadero intercambio de personalidades. La niña traída así del Otro Tiempo resultó ser poco susceptible a nuestros métodos educativos y finalmente fue utilizada con fines científicos».

Scudamour se levantó y dio una o dos vueltas por la sala. Notó que la luz del día empezaba a desvanecerse y se sintió cansado, pero en absoluto hambriento. Sentía una extraña dicotomía en su mente: por un lado un torrente de curiosidad, por otro, una intensa reticencia a seguir leyendo. Ganó la curiosidad, así que se sentó de nuevo. El libro continuaba:

«Mientras tanto, Q había estado experimentando con las posibilidades de algún instrumento inanimado que pudiera darnos una visión del Otro Tiempo sin necesidad de los arcaicos y precarios esfuerzos psicológicos. En el 74, produjo su...».

[El manuscrito acaba aquí, al pie del folio 64].

UNA NOTA SOBRE *LA TORRE OSCURA*

por WALTER HOOPER

Tras una infructuosa búsqueda de más páginas, le mostré este fragmento al mayor Lewis, a Owen Barfield y a Roger Lancelyn Green. Me entristeció saber que nunca habían visto ni oído hablar de esta obra. Cuando Roger Lancelyn Green y yo estábamos escribiendo *C. S. Lewis: A Biography* (1974), no nos constaba que nadie más la hubiera visto, ni hubiera reconocido la descripción que hicimos de ella en la biografía. Entonces concluí, erróneamente, que nunca se había leído en los Inklings, el grupo de amigos que se durante el curso reunía en las dependencias de Lewis en el Magdalen *College* cada jueves por la noche. Pero entonces Gervase Mathew, amigo de Lewis, leyó el manuscrito y lo reconoció enseguida. Recordó haber oído a Lewis leer los cuatro primeros capítulos en una reunión de los Inklings en 1939 o 1940, y que la discusión de los Inklings sobre estos capítulos se centró sobre todo en los temas del tiempo y la memoria, temas que por aquel entonces fascinaban a Lewis.

Los amigos de Lewis, y casi todo el mundo en Oxford, habrían entendido las referencias de su primer capítulo a las damas inglesas de Trianon, que vieron toda una escena de una parte del pasado muy anterior a su propio nacimiento, y al libro de William Dunne. Pero en la actualidad no son muy conocidos y probablemente haya que hacer algunas aclaraciones. Las «damas inglesas» eran la señorita Charlotte Anne Elizabeth

Moberley (1846-1937), directora del St. Hugh's *College* de Oxford de 1886 a 1915, y la señorita Eleanor Frances Jourdain (1863-1924), que fue directora de la misma institución de 1915 a 1924. Estas distinguidas y cultivadas damas alcanzaron una considerable notoriedad en Oxford al publicar en 1911, bajo los seudónimos de Elizabeth Morison y Frances Lamont, un fascinante libro titulado *An Adventure*, cuya «aventura» consistía en que, en su primera visita al Petit Trianon, el 10 de agosto de 1901, vieron el palacio y los jardines exactamente tal como los vería María Antonieta en 1792.

Esta extraordinaria historia sobrenatural tal vez no sea del todo increíble, y tengo entendido que Lewis la creyó hasta que, algún tiempo después, su amigo el doctor R. E. Havard mencionó haber leído una retractación de una de las damas. Lewis no había oído hablar, hasta entonces, de ninguna declaración de este tipo y el doctor Havard cuenta que «no era muy propenso a aceptarla». Aunque el doctor Havard no era el único que creía en tal retractación (el profesor Tolkien era otro), las personas más cercanas a las señoritas Moberley y Jourdain parecían no haber oído hablar de ello. Siendo así, y mientras no haya pruebas contundentes de lo contrario, quizás sea prudente concluir que las damas mantuvieron su relato el resto de sus vidas. Aunque parece que Lewis creía en el testimonio de esas damas cuando escribió *La torre oscura*, no mantuvo esa idea hasta el fin. Casi al final de su vida, creía que las declaraciones de la señorita Jourdain no eran fiables.

El otro libro que se menciona en el primer capítulo, y que prendió la imaginación de Lewis, es *Un experimento con el tiempo* (1927), de John William Dunne, ingeniero aeronáutico y exponente del serialismo. En la tercera parte de su libro, Dunne sugiere que todos los sueños están compuestos por imágenes de experiencias pasadas e imágenes de experiencias futuras mezcladas en proporciones más o menos iguales. Para corroborarlo, sugiere —y este es el «experimento» al que se refiere Orfieu en la primera parte— guardar un cuaderno y un lápiz bajo la almohada, y *justo* al despertar, antes incluso de abrir los ojos, tratar de recordar el sueño antes de que se desvanezca, con el resultado de que, si se lleva un diario de este tipo durante un periodo suficientemente largo, el sujeto descubrirá esa mezcla de acontecimientos pasados y futuros. Sin embargo, hay que señalar que, mientras que Dunne está afirmando que una persona puede, bajo ciertas condiciones, mirar hacia atrás y hacia delante dentro de su propia vida, Orfieu combina esto con la idea de que puede ver en la vida de otras personas, como las damas de St. Hugh afirman haber hecho a través de la mente de la reina francesa.

El propio Lewis tuvo muchos sueños y frecuentes experiencias de *déjà vu*. Sin embargo, como sus sueños eran a menudo pesadillas, que prefería olvidar más que recordar, dudo que intentara el «experimento» de Dunne. En el transcurso de la reunión de los Inklings, y en una charla posterior con Gervase Mathew en el Paseo de Addison (del Magdalen *College*), Lewis dijo que creía que el *déjà vu* consistía en «ver» algo que tú, solo tú, habías simplemente soñado en algún momento.

En la segunda de estas ocasiones, Gervase Mathew sugirió que la memoria, que a veces parece implicar la precognición, podría ser un don heredado, un legado de los antepasados. Es difícil afirmar hasta dónde llegó Lewis con esta idea, pero parece que se quedó en su mente para salir más tarde en *Esa horrible fortaleza*, donde Jane Studdock ha heredado el don Tudor de la segunda visión, la capacidad de soñar realidades. Incluso la noción del «Otro Tiempo» que no es ni nuestro pasado ni nuestro presente ni nuestro futuro, iba a abrirse paso en sus libros posteriores, sobre todo en *Las crónicas de Narnia*. En una época más cercana a la de la redacción de *La torre oscura*, esas ideas encontraron su expresión en *Esa horrible fortaleza* (cap. IX, parte v), donde se ofrece la siguiente explicación sobre dónde estuvo Merlín desde el siglo V hasta que despertó en el XX: «Merlín no había muerto. Su vida había sido ocultada, apartada, sacada de nuestro tiempo unidimensional, durante quince siglos [...] en el sitio donde permanecen las cosas desplazadas fuera del camino principal del tiempo, detrás de los cercos de arbustos invisibles, dentro de campos inimaginables». No todos los tiempos que están fuera del presente son por lo tanto pasado o futuro.

Aunque *La torre oscura* enseña mucho sobre las reflexiones de C. S. Lewis acerca del tiempo, creo que sería un error suponer que él no distinguía claramente la realidad y la ficción, con tanta elegancia mezcladas en su historia. Lewis era un irreductible sobrenaturalista cristiano, pero lo cierto es que, aunque veía las interesantes posibilidades que ofrecían para la ficción los fenómenos psíquicos, desconfiaba del espiritismo y creía que los muertos tenían cosas mucho más valiosas que hacer que enviar «mensajes». «¿Podrá negar alguien —escribió en «Religión sin dogma»— que la gran mayoría de los mensajes espiritistas se ocultan miserablemente bajo lo mejor que se ha pensado y dicho incluso en este mundo? ¿Podrá negar alguien que en la mayoría encontramos una banalidad y provincialismo, una paradójica unión de lo primitivo con lo entusiasta, de lo plano y lo efusivo, que sugerirían que las almas de los moderadamente respetables están en posesión de Annie Besant y Martin Tuppe?».

De hecho, la mayoría de las afirmaciones de *La torre oscura* que tocan el tema del ocultismo las pronuncia Orfieu, y no Ransom ni Lewis, que son los únicos cristianos de la historia. Lewis se había empapado a fondo de las obras de

G. K. Chesterton, y cuando Ransom rechaza la idea de la reencarnación confesándose cristiano (p. 26), es muy probable que se haga eco de un pasaje de un libro muy apreciado por Lewis, *El hombre eterno*. Esta es una explicación, entre muchas otras posibles, de por qué Lewis no podía creer en algo que juzgaba tan distante del cristianismo. «La reencarnación no es propiamente una idea mística —dijo Chesterton—, trascendental o, en ese sentido, una idea religiosa. El misticismo concibe algo que trasciende la experiencia; la religión busca chispazos de un bien mejor o un mal peor que el que pueda ofrecer la experiencia. La reencarnación solo necesita ampliar las experiencias en el sentido de repetirlas. No es más trascendental para un hombre recordar lo que hizo en Babilonia antes de nacer que recordar lo que hizo en Brixton antes de darse un golpe en la cabeza. Sus sucesivas vidas no necesitan ser más que vidas humanas, independientemente de las limitaciones que la misma vida le pueda imponer. No tiene nada que ver con contemplar a Dios o invocar al diablo» (cap. vi).

Sin duda, no soy el único desconcertado al no encontrar en el fragmento un tema de gran contenido teológico como el que recorre los otros libros interplanetarios. Creo que la respuesta es —de hecho, el propio Lewis lo dice— que nunca comenzó un relato teniendo en mente una moraleja, y que donde se encontrara una, es que encontró su lugar sin habérselo él propuesto. Quizá si hubiera seguido escribiendo *La torre oscura* habría surgido un tema así, pero no podemos estar seguros.

Ciertamente, Lewis no parecía saber muy bien qué hacer con Ransom que, en este relato, tiene poco de las cualidades intelectuales y heroicas de las que rebosa en *Perelandra*, *Esa horrible fortaleza* y, en menor medida, en *Más allá del planeta silencioso*. Lo único que sabemos es que es una especie de cristiano «residente» que ha viajado por el cielo profundo. En su «Réplica al profesor Haldane», Lewis dice que el Ransom de *Esa horrible fortaleza* (y presumiblemente también el de *Perelandra*) es «hasta cierto punto un retrato exagerado de un hombre que conozco, pero no de mí», y Gervase Mathew cree que ese hombre es casi con toda seguridad Charles Williams, a quien Lewis acababa de conocer cuando escribía *La torre oscura.* Gervase Mathew mantuvo una estrecha relación con ambos y, como estaba en condiciones de observar la profunda influencia de Williams en Lewis, considera que el Ransom de las dos últimas novelas se ha convertido en una especie de Williams idealizado, pero un Williams, me atrevería a decir, respaldado por la sólida brillantez y el genio filológico de los otros grandes amigos de Lewis, Owen Barfield y J. R. R. Tolkien.

Otro tema que surgió en la reunión de los Inklings tenía que ver con el «cuerno de unicornio» o «aguijón» del Aguijoneador, que para los amigos de Lewis insinuaba implicaciones sexuales desagradables. No creo que Lewis, ni consciente ni inconscientemente, pretendiera ninguna implicación de este tipo. Pero se tomó la objeción en serio, y creo que esto explica por qué, en el capítulo V, cuando a Scudamour le empieza a salir un «aguijón» se molesta en decir: «Por supuesto, Scudamour tiene una interpretación de psicoanálisis para eso. Es perfectamente consciente de que, en condiciones anormales, cierto deseo muy natural podría adoptar esta forma grotesca. Pero está bastante seguro de que no era eso lo que ocurría».

Es muy tentador imaginarse cómo podría haber continuado Lewis su relato. No era muy bueno en matemáticas, así que tal vez no fuera capaz de concebir un método convincente para sacar a Scudamour del aprieto en que lo encontramos en el final del fragmento que tenemos. Me temo que nunca sabremos qué final, o finales, tenía Lewis en mente (si es que tenía alguno) para su historia antes de abandonarla para escribir otras obras: *El problema del dolor* (1940), *Cartas del diablo a su sobrino* (1942) y *A preface to Paradise Lost* (1942). Este último posiblemente le dio la idea de *Perelandra*, en la que ya estaba trabajando en 1941. Es también posible, e incluso probable, que Lewis iniciara otras historias cuyos manuscritos se han perdido. Sin embargo, aunque era típico de Lewis mandar continuamente manuscritos a la papelera, no era habitual que olvidara nada.

Hemos visto cómo el Otro Tiempo encontró su lugar en otros libros. Hay otros elementos de *La torre oscura* que aparecen, aunque con cambios importantes, en *Esa horrible fortaleza*. Un personaje que pasó de forma bastante reconocible al entorno más acogedor de *Esa horrible fortaleza* es el escocés MacPhee. Y esto nos lleva a uno de los puntos débiles de *La torre oscura*: el persistente escepticismo de MacPhee sobre el cronoscopio cuando tenía una experiencia cotidiana de un mes de su funcionamiento real con él. Owen Barfield me ha dicho al respecto: «Es como si Lewis se dijera a sí mismo: "He decidido que uno de mis personajes sea un escocés divertido y sagaz y, pase lo que pase, un escocés así está encantado de seguir siéndolo, ¡*le gusta*!"».

Hay, quizás, reminiscencias de las dos Camillas en la Jane Studdock de *Esa horrible fortaleza*. Antes de que Lewis cambiara el apellido de Camilla por Bembridge, que aparece por primera vez en la página 44, se llamaba Camilla Ammeret. Esto sugiere que la relación entre Scudamour y las dos Camillas podría haberse basado en los personajes *sir* Scudamour y Amoret en *La reina de las hadas* de Spenser (libro III), donde se cuenta la historia de cómo la noble y virtuosa Amoret, inmediatamente después de casarse con *sir* Scudamour, fue raptada por el hechicero Busirane y encarcelada hasta que la liberó Britomarte. Es posible que Lewis haya comenzado con la idea de una relación amorosa entre su Scudamour y una simpática Camilla de este mundo, que haya encontrado alguna razón para trasladar a Scudamour al Otro Tiempo y que luego se le haya ocurrido la idea de enviarlo allá para rescatar a la joven a la que realmente ama. Al quedarse, pues, con una Camilla *de más*, Lewis parece haber decidido hacerla tan «moderna» que, en cualquier caso, no le habría convenido a Scudamour. El personaje de la Camilla del Otro Tiempo no llega a desarrollarse adecuadamente, pero la de nuestro mundo nos dice mucho sobre la visión que Lewis tenía de la mujer «liberada» y nos proporciona el que posiblemente sea el mejor estudio de personajes del libro: «La Camilla Bembridge de verdad [...]. Tenía tanta libertad para hablar de esas cosas que su abuela no podía ni mencionar que Ransom dijo una vez que se preguntaba si existía algo para lo que no se sintiera libre de hablar» (p. 83). Creo que es probable que, como fuera que trajese de vuelta a Scudamour a este mundo, Lewis se las habría arreglado para intercambiar a las mujeres, de modo que la simpática viniera con él y la «moderna» acabase en el Otro Tiempo. Uno de los libros sobre los que Scudamour se queda reflexionando en el Otro Tiempo cuenta cómo los niños del Otro Tiempo habían sido «intercambiados» por otros de nuestro mundo, y quizá no sea descabellado suponer que Lewis hubiera pensado en hacer que Scudamour descubriera que las dos Camillas habían sido «intercambiadas» en su infancia. Y quién sabe cuántas personas más también.

EL HOMBRE QUE NACIÓ CIEGO

—¡DIOS SANTO! —DIJO Mary—. Son las once en punto. Y te estás durmiendo, Robin.

Ella se levantó con un trajín de ruidos familiares, metiendo sus carretes y cajitas en el costurero.

—¡Vamos, no seas perezoso! —dijo—. Querrás estar fresco y lozano para tu primer paseo mañana.

—Eso me recuerda... —dijo Robin, y luego se detuvo. Su corazón latía tan fuerte que temía que le afectara en la voz. Tuvo que esperar antes de continuar—. Supongo —dijo— que habrá... habrá *luz* ahí fuera... cuando salga a dar mi paseo.

—¿Qué quieres decir, querido? —dijo Mary—. ¿Quieres decir que habrá más luz afuera? Bueno, sí, supongo que sí. Pero ya sabes que siempre he pensado que en esta casa hay muy buena luz. Mira este salón. Lleva todo el día dando el sol.

—¿El sol lo... calienta? —dijo Robin en tono vacilante.

—¿De qué estás hablando? —dijo Mary, volteándose de repente. Le habló con brusquedad, con lo que Robin llamaba su voz de «institutriz».

—Me refiero a... —dijo Robin— bueno, verás, Mary. Hay algo que he querido preguntarte desde que regresé del hospital. Sé que te parecerá una tontería. Pero a mí no. En cuanto supe que había una posibilidad de conseguirlo, desde luego que estuve ansioso por ver. En lo último que pensé antes de la cirugía fue en la «luz». Después, todos esos días, esperando a que me quitaran las vendas....

—Claro, cariño. Era lo más natural.

—Entonces, ¿por qué no...? Es decir, ¿dónde está la luz?

Ella le puso la mano en el brazo. En sus tres semanas con vista aún no había aprendido a leer la expresión de un rostro, pero por su tacto reconoció la gran y cálida ola de afecto ingenuo y temeroso que había brotado en ella.

—¿Por qué no vienes a la cama, Robin, mi amor? —dijo ella—. Si es algo importante, ¿no podemos hablarlo por la mañana? Ya sabes que ahora estás cansado.

—No. Tengo que desahogarme. Tienes que hablarme de la luz. Por Dios, ¿es que no *quieres* que lo sepa?

Ella se sentó de repente con tal calma y formalidad que se alarmó.

—Muy bien, Robin —dijo ella—. Pregúntame lo que quieras. No hay nada de qué preocuparse, ¿verdad?

—Bueno, entonces, lo primero, ¿ahora mismo hay luz en esta habitación?

—Claro.

—Entonces, ¿dónde está?

—¿Cómo? Está por todas partes, a nuestro alrededor.

—¿La ves?

—Sí.

—¿Y por qué yo no la veo?

—Pero, Robin, sí la ves. Cariño, no digas tonterías. Puedes verme a mí, ¿verdad?, y la repisa de la chimenea, y la mesa y todo lo demás.

—¿Son luz? ¿De eso se trata? ¿Tú eres luz? ¿La repisa de la chimenea es luz? ¿La mesa es luz?

—Ah, ya veo. No. Claro que no. *Esa* es la luz —y señaló la bombilla, cubierta con su amplia pantalla rosada, que colgaba del techo.

—Si esa es la luz, ¿por qué dices que la luz está a nuestro alrededor por todas partes?

—Quiero decir que eso es lo que da la luz. La luz viene de ahí.

—Entonces, ¿dónde está la luz en sí? No me lo quieres decir. Nadie quiere. Me cuentas que la luz está acá, que la luz está allá, y que esto y aquello está a la luz, y ayer me dijiste que yo te tapaba la luz, y ahora dices que la luz es un hilillo incandescente en una bombilla de cristal que cuelga del techo. ¿A eso llamas luz? ¿Es eso a lo que se refería Milton? ¿Por qué lloras? Si no sabes lo que es la luz, ¿por qué no lo admites? Si la cirugía ha sido un fracaso y no puedo ver bien, dímelo. Si no existe, si todo fue un cuento, dímelo. Pero por el amor de Dios....

—¡Robin! ¡Robin! No. No sigas por ahí.

—¿Seguir por dónde? —dijo, y se rindió, se disculpó y la consoló. Y se fueron a dormir.

Un ciego tiene pocos amigos; un ciego que ha recibido recientemente la vista no tiene, en cierto sentido, ninguno. No pertenece ni al mundo de los ciegos ni al de los que ven, y no puede compartir su experiencia con nadie. Después de la conversación de esa noche, Robin nunca volvió a mencionar su problema con la luz. Sabía que solo serviría para que lo tomaran por loco. Cuando Mary lo sacó al día siguiente a dar su primer paseo, cada vez que ella le decía: «Mira, es precioso». Él decía: «Sí, quiero disfrutarlo», y quedaba satisfecha. Ella interpretaba sus miradas rápidas como señales de deleite. En realidad, eran de búsqueda; él buscaba con un hambre que ya tenía algo de desesperación. Aunque se hubiera atrevido, sabía que sería inútil preguntarle por alguno de los objetos que veía diciendo: «¿Eso es luz?». Bien sabía que ella solo respondería: «No. Eso es verde» (o «azul» o «amarillo» o «un campo» o «un árbol» o «un auto»). No avanzaría hasta que aprendiera a salir a pasear solo.

Unas cinco semanas más tarde, a Mary le dolía la cabeza y tomó el desayuno en la cama. Cuando bajó las escaleras, Robin se sorprendió por un momento al notar la dulce sensación de libertad que le produjo su ausencia. Luego, con un largo y descarado suspiro de comodidad, decidió cerrar los ojos y cruzó a tientas el comedor hasta llegar a su librería, pues esa mañana abandonaría la tediosa tarea de guiarse por los ojos y calcular las distancias, y disfrutaría de los viejos métodos de ciego, más fáciles para él. Sin esfuerzo, sus dedos recorrieron la hilera de fieles libros en braille y eligieron el desgastado volumen que quería. Deslizó su mano entre las hojas y se dirigió a la mesa, leyendo mientras avanzaba. Todavía con los ojos cerrados, cortó algo para comer, dejó el cuchillo, tomó el tenedor con la mano izquierda y comenzó a leer con la derecha. Se dio cuenta enseguida de que era la primera comida que realmente había disfrutado desde que recuperó la vista. También fue el primer libro que disfrutaba. Había sido muy rápido, le decían todos, en aprender a leer con la vista, pero eso nunca sería lo auténtico. Uno podía deletrear «A-G-U-A», pero esas marcas negras nunca, jamás, estarían unidas a su significado como en el braille, donde la forma misma de los caracteres comunicaba la sensación instantánea de «elemento líquido» a las yemas de sus dedos. Desayunó sin la más mínima prisa. Luego salió.

Esa mañana había niebla, pero ya había lidiado con ella antes y no le preocupaba. Caminó entre la bruma, salió del pueblito y subió la empinada colina, para seguir luego por la senda campestre que rodeaba el borde de la cantera. Mary lo había llevado allí unos días atrás para mostrarle lo que ella llamaba las «vistas». Y, mientras estaban sentados mirando, ella había dicho: «Qué luz tan bonita hay en aquellas colinas». Era una pista muy pobre, pues ahora estaba convencido de que ella sabía tan poco como él sobre la luz, que utilizaba la palabra, pero no podía dotarla de ningún significado. Incluso empezaba a sospechar que la mayoría de los no ciegos estaban en la misma condición. Lo que uno oía entre ellos no era más que la repetición, como un loro, de un rumor: el rumor de algo que quizás (era su última esperanza) los grandes poetas y profetas de la antigüedad sí habían conocido y visto de verdad. En su testimonio era en lo único que aún tenía esperanzas. Todavía era posible que en algún lugar del mundo —no en todas partes, como los necios habían intentado hacerle creer—, custodiado en bosques profundos o separado por mares lejanos, eso que llamaban Luz pudiera existir en realidad, brotando como una fuente o creciendo como una flor.

Cuando llegó al borde de la cantera, la niebla se estaba disipando. A izquierda y derecha se veían cada vez más árboles y sus colores aumentaban en brillo por momentos. Tenía ante él su propia sombra; notó que se volvía más negra y adquiría bordes más sólidos mientras la miraba. Además, los pájaros cantaban y él tenía bastante calor. «Pero aún no está la Luz», murmuró. El sol se dejaba ver detrás de él, pero el pozo de la cantera seguía lleno de niebla, de una blancura informe, ahora casi cegadora.

De repente escuchó a un hombre cantando. Alguien en quien no había reparado antes estaba de pie cerca del borde del precipicio, con las piernas separadas, rozando un objeto que Robin no pudo reconocer. Si hubiera tenido más experiencia habría identificado un lienzo en un caballete. En esto, sus ojos se encontraron con los de aquel desconocido de aire asalvajado de forma tan inesperada que, antes de que se diera cuenta, ya había soltado un «¿Qué está haciendo?».

—¿Haciendo? —dijo el desconocido con cierta virulencia—. ¿Haciendo? Estoy tratando de atrapar la luz, si le interesa saberlo, maldita sea.

En el rostro de Robin apareció una sonrisa.

—Yo también —dijo, y se acercó un paso.

—Ah, usted también lo sabe, ¿verdad? —dijo el otro. Luego añadió con tono casi vengativo—: Son todos unos necios. ¿Cuántos salen a pintar en un día como este, eh? ¿Cuántos de ellos la reconocerán si se la muestran? Y sin embargo, si pudieran abrir los ojos, estos son los únicos días de todo el año en que de verdad se puede *ver* la luz, ¡una luz tangible, de la que podrías beber una taza o en la que podrías zambullirte! Mírela.

Tomó a Robin bruscamente por el brazo y señaló hacia las profundidades que se abrían a sus pies. La niebla estaba a punto de perder su batalla con el sol, pero aún no se veía ni una piedra en el suelo de la cantera. El vapor brillaba como un metal blanco y se desplegaba sin cesar en espirales cada vez más amplias hacia ellos.

—¿Ve eso? —gritó el violento desconocido—. ¡Hay luz para usted si quiere!

Un segundo después, la expresión del rostro del pintor cambió.

—¡Aquí! —gritó—. ¿Está loco?

Extendió su mano para agarrar a Robin. Pero llegó demasiado tarde. Ya no estaba. Se abrió una grieta en la niebla, solo por un instante. Del otro lado de ella no llegó ningún grito, solo un sonido tan agudo y definido que dudo que nadie pudiera atribuirlo a la caída de algo tan blando como un cuerpo humano; eso se oyó, y el rodar de algunas piedras sueltas.

LAS TIERRAS FALSAS

DADO QUE ME considero una persona cuerda y que gozo de buena salud, me he sentado a las 11 de la noche a escribir, mientras los recuerdos aún están frescos, acerca de la curiosa experiencia que he tenido esta mañana.

Sucedió en mi habitación de la universidad, desde donde escribo, donde todo empezó de la manera más común y corriente gracias a una llamada de teléfono.

—Habla Durward —dijo la voz—, estoy en la recepción. Me encuentro en Oxford, estaré unas cuantas horas. ¿Puedo pasar a verle?

Naturalmente le dije que sí. Durward es un antiguo alumno mío y un tipo bastante decente; me encantaría verlo otra vez. Me causó cierto fastidio que, luego de unos minutos, se asomara a mi puerta acompañado de una joven. Detesto que se me diga que alguien quiere visitarme a solas, ya sea hombre o mujer, y que al final se aparezca con marido o esposa o novio o novia. Yo creo que primero se me debería advertir.

La jovencita no era ni bella ni sencilla y, obviamente, arruinó la conversación. Se nos hizo imposible a Durward y a mí charlar de las cosas que teníamos en común porque ello habría significado ignorar a aquella jovencita. Además, ella y Durward no habrían podido conversar de las cosas que ellos (supuestamente) tienen en común porque me habrían ignorado. Me la presentó como «Peggy» y me dijo que estaban comprometidos. Luego de aquello, los tres nos sentamos y empezamos un va y viene de inútiles comentarios en torno al tiempo y las noticias.

Tengo la tendencia a quedarme con la mirada en el infinito cuando estoy profundamente aburrido, y me temo que me haya quedado con la vista fija en aquella jovencita sin tener el más absoluto interés en ella. En todo caso, me encontraba en aquella situación cuando me sucedió algo muy extraño. De una manera súbita, sin que sintiera ningún vahído o náuseas o algo similar, me encontré en un lugar totalmente distinto. Aquella familiar habitación desapareció; Durward y Peggy se esfumaron. Me encontraba solo y de pie.

Lo primero que se me vino a la mente fue que había tenido algún problema en la vista. No me encontraba en la oscuridad, ni siquiera en la penumbra, pero todo parecía nublado. Veía algo que parecía la luz del día, pero cuando subí la mirada, no vi nada que se pareciera al cielo. Sospecho que quizá era el cielo de un monótono y aburrido día gris, pero no me era posible determinar su distancia. Si hubiera tenido que describirlo, habría usado la palabra «indefinido». Pude ver un poco más abajo y más próximo a mí unas figuras verticales, medio verdosas y descoloridas. Me las quedé mirando por un buen tiempo hasta que se me ocurrió que podían ser árboles. Me acerqué un poco y las observé; la impresión que me causaron no es fácil de describir con palabras. Lo más cercano que se me ocurre es «una especie de árbol» o «en fin, árboles, si a *eso* se le puede llamar árboles» o «un intento de árbol». Supongo que es la definición más burda y poco convincente respecto a estos árboles que se puede imaginar. No tenían una anatomía normal, ni siquiera ramas; eran más bien como postes de luz con una gran masa amorfa de luz verde en la parte superior. La mayoría de los niños puede dibujar de memoria mejores árboles que aquellos.

Cuando estuve observando detenidamente aquellos supuestos árboles me di cuenta de aquella luz: constante, algo plateada, que brillaba a la distancia en aquel Bosque Falso. Inmediatamente empecé a caminar hacia aquel bosque y de pronto me percaté del terreno que pisaba. Era cómodo, suave, fresco y ligero a las pisadas; pero cuando lo miré con detenimiento era de un aspecto horriblemente feo. Se le parecía en algo al césped, como cuando lo ves bajo la luz de un día gris pero en realidad no le prestas atención. No se podían distinguir las láminas del césped. Me incliné y traté de ubicarlas, pero cuanto más te acercabas a verlas, más borrosas se veían. De hecho, tenían el mismo aspecto borroso y manchado que aquellos árboles falsos y artificiales.

Empecé a tomar consciencia del pleno asombro de mi aventura. Con ello empecé a sentir miedo, pero no solo eso, sino que me sentí indignado. Dudo que pueda explicarle esto a alguien que no haya tenido una experiencia similar. Sentí que súbitamente había sido expulsado del mundo real, brillante, tangible y sumamente complejo hacia una especie de universo de segunda clase, que había sido creado por un falsificador con materiales artificiales y baratos. Sin embargo, seguí caminando hacia aquella luz plateada.

En aquel césped artificial se veía por doquier áreas de algo que, a la distancia, parecían flores. Pero cuando uno se acercaba a ellas, eran tan falsas como los árboles y el césped. Ni siquiera se podía determinar qué clase de flores se suponía que eran. Y no tenían tallos ni pétalos; eran tan solo una masa amorfa. En cuanto a sus colores, yo habría podido pintarlas mejor con un juego barato de acuarelas.

Me hubiera encantado imaginarme que estaba soñando, pero de alguna manera sabía que no era así. De lo único que estaba convencido es de que yo mismo había muerto. En aquel momento, con un fervor mayor que el de ningún otro deseo que haya tenido, deseé haber vivido una buena vida.

Mi mente empezaba a crear una preocupante hipótesis. Sin embargo, dicha hipótesis se hizo trizas. En medio de toda aquella artificialidad me encontré con flores de narciso. Eran narcisos reales, podados, esbeltos y perfectos. Me incliné para tocarlos; me volví a poner de pie para observar su belleza. Y no solo aquella belleza —lo que más me importaba en aquel momento—, sino, digamos, su franqueza; narcisos reales, sinceros, completos, vivientes, que podían ser reconocidos.

«Pero, entonces, ¿en dónde me encuentro? Debo proseguir hacia aquella luz. Quizá todo se aclare allá. Quizá sea el centro de todo este extraño lugar».

Alcancé la luz más pronto de lo que me esperaba. Pero ahora me encontré con algo más de que preocuparme. Se trataba de unas Criaturas Caminantes. Me veo en la necesidad de llamarlas así porque no son «personas». Son del tamaño de los seres humanos y tienen dos piernas, que usan para caminar; pero prácticamente no son verdaderos hombres, al igual que los árboles falsos, y son igual de borrosos. Si bien no estaban desnudos, era imposible determinar qué clase de ropas vestían, y aunque tenían como cabeza una pálida masa amorfa, carecían de rostros. Por lo menos aquella fue mi primera impresión. Luego, empecé a notar algunas excepciones curiosas. De vez en cuando algunos de ellos empezaban a mostrar características propias; un rostro, un sombrero o un vestido empezaban a resaltar con bastante detalle. Lo curioso del caso es que aquellos vestidos eran siempre de mujer, pero los rostros eran de hombre. Estos dos detalles hacían que frente a este grupo de criaturas —por lo menos un hombre como yo— perdiera la curiosidad. Los rostros de hombre no eran de los que me llamarían la atención; un grupo muy ostentoso, gigolós y afeminados. Pero se veían muy contentos de sí mismos. De hecho, todos expresaban el mismo rostro de tonta admiración.

Finalmente pude ver de dónde provenía aquella luz. Me encontraba en una especie de calle. Por lo menos, detrás de la multitud de Criaturas Caminantes a cada lado de la calle se veían los escaparates de unas tiendas y desde allí salía aquella luz. Me abrí paso entre aquella multitud por el lado izquierdo —curiosamente sin poder tocar a ninguno de aquellos seres— hasta poder darle un vistazo a los escaparates de aquellas tiendas.

Pero se me presentó una nueva sorpresa. Se trataba de una joyería y, luego de la distracción y el deterioro generalizado de aquel lugar afeminado, lo que vi me dejó sin aliento. Todo lo que había detrás de ese escaparate era perfecto; todas las caras de los diamantes eran únicas, todos los broches y diademas mostraban complejos detalles hasta la perfección. Por lo visto, eran joyas muy valiosas; seguramente valían mucho dinero.

—¡Por Dios! —me dije con voz entrecortada—. ¿Cuándo se acabará esto?

Le di una mirada rápida a la siguiente tienda y las mercaderías *no* se acababan. La siguiente contenía vestidos de lujo para damas. No soy experto en el asunto, así que no podría decir si eran valiosos. Lo cierto es que eran reales, visibles y palpables. La tienda que le seguía a esta vendía zapatos para damas. Y había más. Eran zapatos reales, de esos que terminan en punta y de tacón muy alto y que, a mi parecer, terminan arruinando los más bellos pies, pero eran reales.

Pensaba que para algunas personas este lugar no sería tan aburrido como yo lo encontraba, cuando de pronto el ambiente afeminado de todo este lugar me volvió a impactar.

—¿Dónde diablos...? —empecé a quejarme, pero de inmediato me corregí—. ¿En qué lugar de la tierra me encuentro?

Es que la primera expresión manifestaría, en cualquier circunstancia, una situación desafortunada.

—¿En qué lugar del planeta estoy? Árboles falsos, césped falso, cielo falso, flores falsas, excepto los narcisos, gente falsa, tiendas de primera clase. ¿Qué significa todo esto?

Dicho sea de paso, todas las tiendas eran para mujeres, así que rápidamente perdí interés en el asunto. Caminé todo el largo de aquella calle y entonces, un poco más adelante, pude ver la luz del sol.

Obviamente, no era luz solar verdadera. Aquel cielo gris no tenía ninguna abertura para que dejara pasar los rayos del sol. No se le había prestado atención a aquello, así como a todas las demás cosas de aquel mundo. Lo que vi era sencillamente una mancha de luz solar en el piso, inexplicable e imposible (excepto que estaba allí), y por tanto no era algo que causara alegría; era más bien espantoso y alarmante. Pero no tenía el tiempo para pensar en aquello, porque algo en el centro de aquella mancha de luz, algo que yo había creído que era un pequeño edificio, se empezó a mover y me causó una profunda conmoción porque me di cuenta de que estaba mirando a una gigantesca figura humana. Giró hacia mí y me miró directamente a los ojos.

No solo era un gigante, era también la única figura humana completa que había visto desde que ingresé a aquel mundo. Era mujer. Estaba recostada sobre la arena bajo aquel sol, supuestamente en una playa, aunque no había rastros de ningún mar. Estaba casi desnuda, pero tenía un mechón de tela de un brillante color sobre sus caderas y sus pechos, así como los trajes de baño que las jovencitas modernas visten cuando van a una playa real. El efecto que me causó fue de repulsión, pero pronto me di cuenta de que esto se debía a su horrendo tamaño. Si lo veía desde un punto de vista abstracto, la gigante tenía una buena figura, casi perfecta, si es que te agrada la figura moderna. Respecto a su rostro, tan pronto como me fijé en él, dije en voz alta:

—¡Ah, allí estabas! ¿Dónde está Durward? ¿Dónde estamos? ¿Qué nos ha sucedido?

Pero los ojos de la gigante siguieron mirándome directamente a los míos y me atravesaron. Obviamente, para ella yo era invisible y no me oía. Pero no había duda alguna de quién se trataba. Era Peggy. Al fin pude reconocerla. Sin embargo, era Peggy cambiada. No me refiero solamente al tamaño. En cuanto a su figura, se trataba de Peggy, pero mejorada. No creo que nadie hubiera podido negarlo. En cuanto al rostro, puede haber muchas opiniones al respecto. En lo personal, yo no hubiera dicho que fuese una mejoría. No había más sentido de bondad o franqueza —dudo que haya habido más— en aquel rostro comparado con la Peggy original. Pero era más uniforme. En particular, el problema con los dientes que había notado en la Peggy original, en esta Peggy eran perfectos. Sus labios eran más voluminosos. Su complexión era tan perfecta que parecía una muñeca de mucho valor. La mejor expresión que podría usar para describir a esta Peggy es que se parecía a las modelos de los anuncios.

Si tuviera que casarme con una de ellas, lo haría con la antigua Peggy en su versión no mejorada. Pero ni el infierno desearía tener que elegir entre ambas.

Mientras todo esto sucedía en aquel escenario —aquel absurdo pedazo de playa—, todo empezó a cambiar. La gigante se puso de pie. Estaba sobre una alfombra. Empezaron a aparecer alrededor de ella paredes, ventanas y muebles. Ahora se encontraba en una habitación. Incluso yo habría podido decir que se trataba de una muy lujosa, aunque su estilo no era de mi agrado. Había muchas flores, la mayoría de ellas orquídeas y rosas, y estas eran más hermosas que los narcisos de antes. Había un gran ramo de flores (con una tarjeta de dedicatoria), tan hermoso como cualquier otro que haya visto. Había una puerta abierta detrás de ella, en la que se podía ver un baño, uno de aquellos que quisiera tener. Aquel baño tenía una bañera empotrada en el piso. Y había una sirvienta francesa que preparaba las toallas, las sales de baño y demás accesorios. Aquella sirvienta no era tan perfecta como las rosas o incluso las toallas, pero su rostro era más francés que el rostro de cualquier mujer francesa.

La gigante Peggy procedió a quitarse su traje de baño y se detuvo desnuda delante de un gran espejo. Aparentemente disfrutaba de lo que veía; yo en cambio, no puedo expresar cuánto me disgustaba a mí aquello. En parte era el tamaño (lo más justo sería recordar aquello), pero no solo eso, fue algo que me sorprendió en gran manera, aunque supongo que los amantes modernos deben estar acostumbrados a ello. Su cuerpo estaba (obviamente) bronceado, como los cuerpos de los anuncios de las playas. Sus caderas eran anchas y sus pechos redondos. Donde estuvo su traje de baño había dos líneas de piel blanca que, debido al contraste, parecían lepra. El aspecto de ese detalle me causó algo de náusea. Lo que me dejó atónito fue que ella podía admirarse a sí misma. ¿Acaso no estaba consciente del efecto que tendría a la vista de los hombres? Llegué a la desagradable conclusión de que a ella no le interesaba este asunto; de que todos sus vestidos y sus sales de baño y su traje de playa y ciertamente la voluptuosidad de todas sus miradas y gestos no tuvieron ni tendrán el significado que tienen para cualquier hombre que la lograse ver. Eran como una gran obertura de una ópera en la que ella no tenía interés alguno; como una ceremonia de coronación sin una reina presente; como gestos y más gestos acerca de nada.

Y ahora me percaté de que se habían oído dos ruidos todo este tiempo, los únicos ruidos que había podido escuchar en aquel mundo. Provenían de afuera, de más allá de aquel cielo gris que cubría las Tierras Falsas. Ambos sonidos eran golpes; golpes constantes, infinitamente remotos, como si dos forasteros, dos personas excluidas estuviesen golpeando las paredes de aquel mundo. Uno de ellos era débil, pero sólido; acompañando al golpe había una voz que decía:

—Peggy, Peggy, déjame entrar.

Pensé que era la voz de Durward. Pero, respecto al otro golpe, no sé cómo describirlo. Quizá, de una manera curiosa, era suave; «suave como la lana y nítido como la muerte», suave pero insoportablemente pesado, como si con cada golpe una gigantesca mano cayera fuera de aquel Cielo Falso y lo cubriera totalmente. Junto a aquel golpe se escuchaba una voz cuyo sonido hacía que me derritiera de miedo:

—Hija, hija, hija, déjame entrar antes de que llegue la noche.

Antes de que llegue la noche... de pronto la luz normal del día me inundó. Había vuelto a mi habitación y junto a mí estaban mis dos invitados. No parecía que hubieran notado nada inusual en mí, aunque es probable que durante el resto de la conversación hubieran pensado que estaba borracho. Pero estaba feliz. Y en cierto modo también borracho; ebrio de felicidad por estar de regreso en el mundo real, libre y fuera de aquella terrible prisión en esa tierra. Podía escuchar unos pájaros cantar cerca de una ventana; sentía el verdadero calor de sol caer sobre una pared. Me acordé de que aquella pared necesitaba una mano de pintura; pude haberme puesto de rodillas y haber besado aquella descascarada pared, hermosamente real y sólida. Me percaté de un pequeño corte en la mejilla de Durward, quizá de cuando se afeitó esa mañana; sentí también alegría por ello. De hecho, cualquier cosa me habría hecho feliz: me refiero a cualquier «cosa», siempre y cuando fuera una cosa real y verdadera.

En fin, esto es lo que me sucedió; que cualquiera lo interprete como quiera. Mi hipótesis es la que se le habría ocurrido a la mayoría de los lectores. Quizá sea demasiado obvia; estoy dispuesto a considerar otras teorías. Creo que por causa de algún fenómeno psicológico o patológico, por unos segundos me fue permitido entrar en la mente de Peggy; quizá no al extremo de poder ver su mundo, el mundo tal como existe para ella. En el centro de aquel mundo se encuentra una imagen inflada de sí misma, hecha lo más cercana posible a las modelos de los anuncios. Alrededor de esta imagen se agrupan las cosas que a Peggy más le interesan. Más allá de ello, la tierra y el cielo son algo borroso e indistinguible. Los narcisos y las rosas nos revelan algo interesante. Las flores existen para ella solamente si son las que se pueden cortar en ramos y poner en floreros; las flores por sí mismas, aquellas que vemos en el campo, le resultan insignificantes.

Como dije, es probable que esta no sea la única hipótesis que encaje en la realidad. Sin embargo, ha sido una experiencia preocupante y no solo porque me siento apenado por el pobre Durward. Supongamos que este fenómeno se convierta en una experiencia común. ¿Qué pasaría? ¿Y qué sucedería si la próxima vez yo no fuera el explorador sino el explorado?

ÁNGELES MINISTRADORES

El Monje, así lo llaman, se sentó en una silla del campamento al lado de su litera y se quedó mirando por la ventana hacia aquella áspera arena y aquel cielo azul oscuro de Marte. Aún le faltaban diez minutos para empezar su «trabajo». No me refiero, obviamente, al trabajo para el que fue enviado. Él era el meteorólogo del equipo y su labor en dicha disciplina estaba prácticamente cumplida; había logrado descubrir todo lo que podía ser descubierto. Dentro de aquel radio limitado que debía explorar, no había nada más que pudiese observar, por lo menos en los próximos veinticinco días. Y la meteorología no había sido su verdadera motivación. Había elegido pasar tres años en Marte para ser lo más aproximado posible a un ermitaño del desierto. Había viajado a aquel lugar para meditar, para continuar la reconstrucción lenta y perpetua de aquella estructura interna que, según él, constituía el propósito principal para volver a edificar la vida. Y ahora su descanso de diez minutos había terminado. Empezó con una fórmula que siempre usaba. «Amable y paciente Maestro, enséñame a depender menos de los hombres y a amarte más a ti». Luego, manos a la obra. No había tiempo que perder. Le quedaban tan solo seis meses en esta tierra salvaje, sin vida, sin pecado e insoportable. Tres años era muy poco tiempo... pero cuando se escuchó el grito de llamada, saltó de su silla con la destreza y alerta de un marinero.

El botánico de la siguiente cabina respondió al llamado con una palabrota. Se encontraba observando algo en el microscopio cuando el grito de llamada lo sorprendió. Era una locura. Las interrupciones eran constantes. Intentar trabajar en medio del barrio de Piccadilly sería lo mismo que hacerlo en este infernal lugar. Su trabajo era ya una carrera contra el tiempo. Seis meses más... y casi ni ha empezado. La flora de Marte era una celebración digna de atesorarla para siempre: aquellos minúsculos, milagrosamente resistentes organismos, que vivían con artilugios de ingenio bajo condiciones prácticamente imposibles. Por lo general solía ignorar aquel grito de llamada. Pero luego sonó la campana. Todo el personal al salón principal.

El único que se encontraba haciendo nada, por decirlo así, cuando el grito de llamada se hizo escuchar era el capitán. Para ser más exacto, se hallaba (como de costumbre) intentando dejar de pensar en Clara y continuar escribiendo en su bitácora oficial. Clara lo interrumpía desde más de sesenta y cinco millones de kilómetros de distancia. Era absurdo.

Habría necesitado una mano, escribió.

Manos... sus propias manos... sus propias manos, manos que tenían ojos, le pareció, manos que la acariciasen por todo aquel cálido y fresco, suave y firme, terso, flexible rostro lleno de vida.

—Cállate, allí está ella —le dijo al retrato de Clara en su escritorio. Entonces, volvió a su tarea con la bitácora, hasta que se encontró con aquella expresión fatal: «me ha estado causando algo de ansiedad». Ansiedad...

—Dios mío, ¿me pregunto qué le estará pasando a Clara en estos momentos?

¿Cómo puedes estar seguro de que Clara siga viva? Cualquier cosa podría pasar. Había sido muy descabellado de su parte haber aceptado este trabajo. ¿Qué otro recién casado lo habría aceptado? Pero le pareció sensato. Tres años separados, pero luego... se habían unido para toda la vida. Se le había prometido aquel puesto que unos meses antes era impensable para él. Jamás volvería a viajar al espacio. Pensó en todos los resultados, las conferencias, los libros, hasta incluso algún título nobiliario. Muchos hijos. Sabía que ella quería tener hijos, y de una manera extraña (de la que se estaba empezando a dar cuenta) él también. Pero, maldición, la bitácora. *Empezaré un nuevo párrafo...* entonces, se oyó el grito de llamada.

Provenía de uno de los dos técnicos del equipo. Habían estado juntos desde la cena. Al menos Paterson había estado parado junto a la puerta de la cabina de Dickson, apoyándose en un pie y luego en el otro, y abriendo y cerrando la puerta. Dickson se hallaba sentado en su litera esperando que Paterson se marchara.

—¿De qué hablas, Paterson? —le preguntó Dickson.

—Nadie ha dicho jamás que hubiera una pelea.

—Sí, claro, Bobby, pero solíamos ser mejores amigos y tú sabes muy bien que ya no lo somos; *he visto* lo que ha pasado. Te *pedí* que me llamaras Clifford y, en cambio, tú siempre has sido poco amigable —le respondió.

—¡Vete al infierno! —le respondió Dickson.

—Tengo toda la disposición a ser tu amigo, y de todos los demás aquí, pero toda esta rimbombancia, como un par de niñas, no pienso seguir tolerándola.

—Pero, entiéndeme —dijo Paterson.

Y fue en ese instante en que Dickson gritó y el capitán salió corriendo a hacer sonar la campana; en veinte segundos todos se habían reunido detrás de la ventana más grande del lugar. Una nave espacial acababa de amartizar perfectamente a unos ciento cincuenta metros del campamento.

—¡Caramba! —exclamó Dickson—. Nuestro relevo se ha asomado antes de tiempo.

—¡Maldición! ¡Esto es el colmo! —dijo el botánico.

Cinco astronautas descendieron de la nave. Incluso con aquellos trajes espaciales, era obvio que uno de ellos era bastante gordo, y ninguno de ellos era excepcional.

—¡Encárguense de la cámara de descompresión! —ordenó el capitán.

Empezaron a celebrar con las escasas bebidas que había sacado de la bodega. El capitán logró reconocer de entre los recién llegados a su viejo amigo, Ferguson. Dos de ellos eran jóvenes comunes y corrientes. ¿Pero, y qué de los dos restantes?

—No entiendo —comentó el capitán— ¿quién es exactamente... mejor dicho, claro que nos alegra tenerlos a todos aquí, pero ¿qué es exactamente...?

—¿Dónde están todos los demás integrantes del equipo? —preguntó Ferguson.

—Me temo que debo decirte que hemos tenido dos bajas —dijo el capitán—, Sackville y el doctor Burton. Fue una situación lamentable. Sackville intentó comer una cosa que llamamos berro marciano. En cuestión de minutos hizo que perdiera la razón. De un golpe derribó a Burton con tan mala suerte que este cayó en aquella mesa y se partió el cuello. Logramos atar a Sackville en una de las literas, pero antes de que llegara la noche, ya estaba muerto.

—¿No se le ocurrió probarlo primero en un conejillo de Indias? —preguntó Ferguson.

—Efectivamente —dijo el botánico—. Allí empezó todo el problema. Lo curioso es que el conejillo de Indias sobrevivió, pero su conducta fue sorprendente. Sackville llegó a la errónea conclusión de que el berro era una sustancia alcohólica. Pensó que había inventado un nuevo licor. Lo malo fue que, luego de la muerte de Burton, nadie pudo realizar un examen *post mortem* competente de Sackville. Según nuestro análisis, el berro demuestra tener...

—¡Ajá! —interrumpió uno de los que todavía no había dicho nada—. Debemos evitar la simplificación excesiva. Dudo que esa sustancia vegetal nos ofrezca toda la información. Hay presiones y tensiones. Sin saberlo, todos ustedes sufren de ello, y se encuentran en una condición altamente inestable por causas que no son ningún misterio para cualquier psicólogo competente.

Algunos de los presentes tenían dudas respecto al sexo de esta persona. Su cabello era muy corto, su nariz muy larga, sus labios demasiado perfectos, su mentón puntiagudo y se presentaba con un aire de gran autoridad. Desde un punto de vista científico, su voz sonaba como de mujer. Por otro lado, nadie dudaba lo más mínimo del sexo del siguiente tripulante, el gordo.

—Ay, mi hija —resollaba—. No me digas más. Estoy nerviosa y con ganas de desmayarme. Gritaré si continúas. ¿Te puedes imaginar que no tengamos ni un poco de jerez con limón a mano? Pero con un poco de ginebra me tranquilizo. Es que tengo dolores de estómago.

Este personaje era infinitamente mujer y quizá setentona. Su cabello era de un color más o menos mostaza, producto de un intento fallido por teñírselo. Los polvos de cara (cuyo olor era tan fuerte que podría haber hecho descarrilar un tren) habían sido aplicados como ventisqueros de nieve en los profundos valles de su rostro y en su gran papada.

—¡Ya para! —rugió Ferguson con su fuertísimo acento escocés—. Que nadie se atreva a darle ni una gota más de licor.

—No se preocupen —dijo la vieja mujer, con el mismo acento escocés, con lloriqueos y mirando lascivamente a Dickson.

—Discúlpenme —dijo el capitán—. ¿Quiénes son estas... ¡ejem!... damas y a qué se refieren?

—He estado esperando mi turno para poder explicarles el asunto —dijo la Mujer Flaca— y procedió a aclararse la garganta. Cualquiera que haya estado al día con las tendencias de la opinión mundial en torno a la problemática que surge del aspecto del bienestar psicológico respecto a las comunicaciones interplanetarias estará consciente del acuerdo cada vez mayor en el sentido de que tan sorprendente avance exige de nuestra parte ajustes ideológicos trascendentales. Los psicólogos están plenamente al tanto de que la inhibición forzada de nuestros potentes instintos biológicos por un largo periodo de tiempo prácticamente producirá unos resultados imprevisibles. Los pioneros de los viajes espaciales serán expuestos a estos peligros. Sería inculto permitirle a una supuesta moral que impida la protección de estos pioneros. Por tanto, debemos tener el valor de aceptar la postura de que la inmoralidad, como se le suele llamar, hay que dejar de considerarla como algo sin ética.

—No lo entiendo —dijo el Monje.

—Lo que ella quiere decir —respondió el capitán, que era un competente lingüista— es que lo que conocemos como fornicación debe dejar de considerarse como algo inmoral.

—Así es, querido —dijo la Mujer Gorda a Dickson—, lo que quiso decir ella es que cualquier pobre muchacho necesita una mujer de vez en cuando. Es muy natural.

—Entonces, lo que se necesita —prosiguió la Mujer Flaca— es un grupo de devotas mujeres que den el primer paso. Sin duda que las expondrá a la deshonra de parte de muchos ignorantes. Pero recibirán respaldo porque sabrán que están cumpliendo con una indispensable función en la historia del progreso humano.

—Lo que ella quiere decir es que necesitas una mujer promiscua, cariño —dijo la Mujer Gorda a Dickson.

—Ahora entiendo —le respondió Dickson con entusiasmo—. Es un poco tarde, pero más vale tarde que nunca. Pero no has podido traer tantas chicas en esa nave. ¿Y por qué no las has traído al campamento? ¿O es que quizá están por llegar?

—Ciertamente no podemos afirmar —continuó hablando la Mujer Flaca, que aparentemente no se había percatado de la interrupción— que la respuesta a nuestro pedido tuviera el éxito esperado. El personal de la primera unidad de la Alta Organización Humanitaria de Mujeres Afrodisio-Terapeutas no es quizá... en fin. Curiosamente, muchas excelentes mujeres, mis colegas universitarias, incluso colegas mayores que yo, a quienes les extendí la solicitud, manifestaron ser tradicionales. Sin embargo, hemos tenido por lo menos un buen comienzo. Y aquí —concluyó animadamente— estamos nosotras.

Le siguieron segundos de un silencio sepulcral. Luego, el rostro de Dickson, que había empezado a tener algunas contorsiones, se tornó rojo; sacó su pañuelo y empezó a respirar agitadamente como si tratara de contener un estornudo, luego se puso de pie abruptamente, le dio la espalda al grupo y se cubrió el rostro. Se quedó allí algo encorvado y se podía ver que sus hombros temblaban.

Paterson saltó de su silla y corrió hacia él; pero la Mujer Gorda, aunque con infinitos gruñidos y agitaciones, se había puesto de pie también.

—¡Fuera de aquí, marica! —le increpó a Paterson— ¡Inútil!

Unos segundo más tarde, sus grandes brazos abrazaban a Dickson; todo aquel cálido y gelatinoso afecto maternal envolvía a Dickson.

—Cálmate, mi hijo —le dijo—, todo estará bien. No llores, cariño. No llores. Pobre niño. Pobre niño. Te haré pasar un buen rato.

—Creo que Dickson no llora, se está riendo —dijo el capitán.

Fue a estas alturas cuando el Monje sugirió que fueran a merendar.

Unas horas más tarde, el grupo se había separado temporalmente.

Dickson aún no había terminado de comer su último bocado (pese a todos sus intentos por evitar que la Mujer Gorda se sentara a su lado; en más de una ocasión ella había confundido su bebida con la de él) cuando les dijo a los nuevos técnicos:

—Si es posible, me encantaría conocer su nave.

Se habría esperado que estos dos hombres, luego de haber estado encerrados en aquella nave por tanto tiempo y tras haberse quitado sus trajes espaciales solo unos minutos antes, se hubiesen negado a dejar la reunión y volver a su nave. Ciertamente esa era la opinión de la Mujer Gorda.

—No, no, no estés inquieto, cariño —le dijo ella—. Ya han visto lo suficiente de aquella maldita nave, lo mismo que yo. No es bueno que vayas de prisa con el estómago lleno.

Pero los dos jóvenes fueron estupendamente serviciales.

—Justo lo que estaba por sugerirte —dijo el primero.

—Totalmente de acuerdo contigo, amigo —dijo el segundo.

En un santiamén estaban los tres fuera de la cámara de descompresión.

Cruzaron la arena, subieron la escalinata, se quitaron los cascos y entonces:

—¿Por qué rayos nos han traído a esas dos prostitutas? —exclamó Dickson.

—¿No te caen bien? —replicó el desconocido de Londres—. La gente de la base pensó que a estas alturas estarían muy contentos. Yo diría que ustedes son unos ingratos.

—Seguro que para ustedes debe ser gracioso —dijo Dickson—. Pero para nosotros no es algo de que podamos reírnos.

—Tampoco lo ha sido para nosotros —comentó el desconocido de Oxford—. ¿Te imaginas uno junto a la otra por ochenta y cinco días? Luego del primer mes, todo se vuelve muy aburrido.

—Ni me lo menciones —respondió el desconocido de Londres.

Hicieron una pausa para librarse del fastidio.

—¿Alguien me podría explicar —preguntó Dickson finalmente— por qué, de entre todas las mujeres del mundo eligieron a estos dos personajes de terror para que vengan a Marte?

—¿Esperabas que enviaran a una estrella de Hollywood a los quintos infiernos? —dijo el desconocido de Londres.

—Mis queridos colegas —dijo el otro desconocido—, ¿acaso no es obvio? ¿Qué clase de mujer, sin que sea forzada, está dispuesta a darse este viajecito y vivir en este espantoso lugar, comer alimentos racionados y hacer de amante de media docena de hombres que nunca antes vio? Las chicas divertidas no vendrán porque saben muy bien que en Marte no hay diversión. Una prostituta profesional, de las comunes, tampoco vendrá porque sabe muy bien que aún tiene oportunidad, por más mínima que sea, de que algún cliente le solicite sus servicios, ya sea en Liverpool o en Los Ángeles. Y aquí tienes a una que cuenta con cero oportunidades. La otra que podría venir a Marte es aquella a la que le falta un tornillo y que cree en todas esas pamplinas de la nueva moral. Y aquí tienes a una de ese tipo también.

—¿Me equivoco? —dijo el desconocido de Londres.

—Es cierto —replicó el otro—, excepto que los Estúpidos Jefes debieron haber previsto todo esto desde el inicio.

—La única esperanza que tenemos ahora es el capitán —dijo Dickson.

—Mira, compañero —replicó el desconocido de Londres—, si crees que puedes devolver la mercancía entregada, te equivocas. No moveremos ni un dedo. Nuestro capitán tendría en sus manos un amotinamiento si tratara de hacerlo. Además, no lo hará porque ya tuvo su oportunidad, y nosotros también. Ahora es tu responsabilidad.

—Entonces —dijo Dickson— tendremos que dejar que los dos capitanes lo decidan. Pero, aun con toda la disciplina del mundo, hay cosas que un hombre jamás podrá tolerar, como esa maldita institutriz.

—¿Sabes que es profesora de una famosa universidad? —replicó el desconocido de Londres.

—En fin —dijo Dickson, luego de una larga pausa—, me ibas a mostrar la nave. Quizá me pueda distraer un poco.

La Mujer Gorda conversaba con el Monje.

—... ah sí, padre, quizá piense que aquello fue lo peor de todo. No renuncié a ello cuando pude hacerlo. Luego de que la mujer de mi hermano muriera... él me tuvo a su lado y el dinero no escaseaba. Pero continué haciéndolo, por Dios, continué haciéndolo.

—¿Por qué lo hiciste, hija mía? —dijo el Monje—. ¿Acaso *disfrutabas* de ello?

—No, padre, para nada. Nunca fui exigente. Pero, usted sabe, padre, en aquellos días yo era mercancía de la buena, aunque ahora no piense lo mismo de mí... y pobres hombres, lo disfrutaban tanto.

—Hija mía —le dijo—, no estás lejos del reino. Pero estabas equivocada. El deseo de dar es una bendición. Pero es imposible que conviertas billetes falsos en billetes verdaderos tan solo regalándolos a quien sea.

El capitán también se marchó raudo de la mesa y le pidió a Ferguson que lo acompañara a su cabina. El botánico se escabulló luego de ellos.

—Un momento, Señor, un momento —dijo, emocionado—. Soy científico. Trabajo ya a una gran presión. Espero que no haya habido ninguna queja respecto a mi baja de todas esas demás obligaciones que interrumpen mi labor. Pero, si se espera de mí que dedique tiempo a entretener a esas abominables mujeres...

—Cuando te dé órdenes que podrían considerarse «más allá de tus capacidades» —dijo el capitán— será, entonces, tiempo de protestar.

Paterson se quedó con la Mujer Flaca. La única parte de las mujeres que le interesaba eran sus orejas. Le encantaba contarle a otras mujeres acerca de sus problemas, especialmente de las injusticias y abusos de parte de otros hombres. Desafortunadamente, la idea de aquella mujer era que la entrevista debía conducir a ya sea una afrodisioterapia o a recomendaciones psicológicas. De hecho, ella no veía ninguna razón por la que las dos opciones no pudieran llevarse a cabo simultáneamente; consideraba que las mentes sin preparación eran las únicas que no podían sostener más de una idea. La diferencia entre estas dos nociones de la conversación estaba encaminada a ser un fracaso. Paterson empezaba a malhumorarse; la mujer permanecía brillante y paciente como un témpano de hielo.

—Pero, como seguía diciendo —refunfuñó Paterson—, considero un acto desalmado cuando un compañero te trata bien un día y al siguiente...

—Lo cual resulta que ilustra mi argumento. Que estas tensiones e inadaptaciones, bajo condiciones naturales, tienen que surgir inevitablemente. Y, dando por sentado que desinfectemos los remedios obvios de todas aquellas relaciones sentimentales o relaciones lascivas, que son igual de malas, provenientes de la Era Victoriana que las introdujo... —interrumpió la mujer.

—Pero todavía no he terminado —dijo Paterson—. Escúchame. Tan solo hace dos días...

—Un momento. Esto se debe tratar como si fuera una inyección común. Si tan solo podemos convencerlos...

—¿Cómo es posible que alguien disfrute de...?

—Estoy de acuerdo. Relacionarlo con el acto de disfrutar (que es una fijación puramente adolescente) quizá haya causado un daño incalculable, viéndolo racionalmente...

—Creo que te has salido del tema.

—Un momento...

El diálogo continuó.

Habían terminado de ver la nave espacial. Era una belleza de nave. Después, nadie se acordaría de quién fue el primero que dijo que aquella nave la podría tripular cualquiera.

Ferguson, en silencio, tomó asiento con su cigarrillo en mano, mientras que el capitán le leía la carta que había traído. Ni siquiera miraba hacia la dirección del capitán. Cuando por fin empezaron a conversar, hubo tal alegría generalizada en la cabina que les tomó bastante tiempo tratar con la parte difícil del asunto. Al principio parecía que el capitán estaba bastante entretenido con el lado chistoso del asunto.

—Pero tiene un ángulo serio —dijo finalmente el capitán—. En primer lugar, ¡qué impertinentes! Creen que...

—Debes recordar —interrumpió Ferguson— que están tratando con una situación totalmente nueva.

—¡Ah caramba, *nueva*! ¿Y en qué se diferencia de la de los hombres en balleneros o veleros como en los viejos tiempos? ¿O en la Frontera del Noroeste? Es tan nueva como la gente que pasa hambre cuando no hay nada que comer.

—Pero hombre, se te olvida los nuevos hallazgos de la psicología moderna.

—Creo que esas dos horrendas mujeres ya han aprendido algo de la nueva psicología desde que llegaron. ¿Realmente creen que cualquier hombre del mundo es tan fácilmente excitable y que saltará a los brazos de cualquier mujer?

—Así lo creen. Han estado diciendo que tú y tu equipo son bastante anormales. No me sorprendería que la próxima vez les despachen sobrecitos de hormonas.

—Si llegase a ese extremo, ¿acaso suponen que los hombres se ofrecerían voluntarios para un trabajo como este a menos que pudieran, o creyeran poder, o quisieran intentar ver si podían, hacerlo sin mujeres?

—Entonces, ahí tienes a la nueva moral.

—Ya para, viejo pillo. Además, ¿hay algo nuevo en eso? ¿Quiénes han tratado de vivir con pureza excepto alguna minoría religiosa o dos personas enamoradas? Lo seguirán intentando en Marte, tal como lo han hecho en la Tierra. Y respecto a la mayoría, ¿acaso titubearon para obtener placer donde pudieran lograrlo? Las señoritas que se dedican a ello lo saben muy bien. ¿Acaso has visto alguna vez un puerto o un cuartel sin la suficiente cantidad de prostíbulos? ¿Quiénes son los idiotas del Consejo Consultivo que empezaron todas estas sandeces?

—¡Qué barbaridad! Un grupo de viejas mujeres frívolas (con pantalones la mayoría de ellas) que disfrutan de cualquier cosa que sea sexi, científica y que las haga sentir importantes. Y esto les da tres placeres, ya ves.

—En fin, hay una sola decisión que tomar, Ferguson. No estaré con la Amante Recocida ni con la Catedrática Universitaria. Puedes...

—Un momento, no hay necesidad de expresarse de esa manera. Yo he hecho mi trabajo. Me niego a hacer otro viaje con una carga de ganado de esta clase. Y mis dos jóvenes están de acuerdo conmigo. Habrá amotinamiento y muertos.

—Pero debes hacerlo, yo soy...

En aquel momento surgió un destello enceguecedor desde afuera y la tierra tembló.

—¡Mi nave, mi nave! —gritó Ferguson—. Ambos se asomaron y no vieron más que arena. La nave espacial había despegado con éxito.

—¿Qué ha sucedido? —preguntó el capitán—. ¡No me digan que...!

—¡Amotinamiento, deserción y robo de una nave del gobierno, eso es lo que ha pasado! —dijo Ferguson—. Mis dos muchachos y tu Dickson se han marchado de regreso a la Tierra.

—¡Dios mío! El problema en que se han metido. Han arruinado sus carreras. Serán...

—Efectivamente, no hay duda de ello. Y les va a salir caro. Ya verán, quizá en quince días.

Un rayo de esperanza le vino al capitán.

—¿No se habrán llevado a las mujeres?

—Hombre, entra en razón. O por lo menos usa tus oídos.

En el bullicio de una agitada conversación que se hacía cada vez más audible desde la sala principal, se distinguían las insoportables voces femeninas.

Mientras se preparaba para la meditación de la noche, el Monje pensó que quizá se había concentrado demasiado en «necesitar menos cosas» y por ello había decidido ofrecer un curso (avanzado) en «la necesidad de amar más». Luego su rostro tuvo una súbita contracción mostrando una sonrisa, pero sin alegría. Estaba pensando en la Mujer Gorda. Había cuatro cosas que componían un bellísimo acorde. En primer lugar, el horror de todo lo que ella había hecho y sufrido. En segundo lugar, el lamento de que ella aún fuera capaz de generar un deseo lascivo. En tercer lugar, el carácter cómico de ese segundo punto. En cuarto lugar, la bendita ignorancia de esa capacidad de amar totalmente distinta y que ya existía dentro de ella y que, por la gracia, y con la pobre dirección que incluso él podía aportar, pudiera algún día ubicarla bajo la luz, en la tierra de la luz, al lado de la Magdalena.

Pero, un momento. Hay una quinta nota en el acorde.

—Oh, Maestro —susurró—, perdona también mi ridiculez, ¿o es que la disfrutas? He estado dando por sentado que tú me enviaste en un viaje de sesenta y cuatro millones de kilómetros tan solo para mi comodidad espiritual.

FORMAS DE COSAS DESCONOCIDAS

... lo que era mito en un mundo podía ser realidad en otro.
Perelandra

—Señores, antes de que termine la clase —dijo el instructor— les debo mencionar el hecho que algunos de ustedes ya conocen, pero quizá no todos. No es necesario que les recuerde que el Alto Mando ha solicitado otro voluntario para un intento más de viaje a la Luna. Será el cuarto intento. Ya saben la historia de los tres anteriores. En cada uno de ellos, los exploradores alunizaron de manera exitosa o, en todo caso, lo hicieron con vida. Logramos recibir sus mensajes. Cada uno de estos mensajes fue breve, incluso parece que algunos de ellos sufrieron cierta interrupción. Luego, señores, no volvimos a recibir ni una sola palabra. Creo que el hombre que se ofrezca para este cuarto viaje será igual de valiente que cualquiera de ustedes. Les puedo decir que me siento muy orgulloso de anunciarles que se trata de uno de mis estudiantes. Y se encuentra entre nosotros en este momento. Le deseamos la mejor de las suertes. Señores, pido tres ovaciones por el teniente John Jenkin.

Entonces, durante los dos minutos siguientes, la clase lanzó vítores muy emotivos por el teniente. Luego, el grupo salió apresuradamente al pasillo comentando de la noticia. Los dos mayores cobardes intercambiaban varias razones familiares por las que se les hizo imposible ofrecerse de voluntarios. El más astuto de ellos dijo:

—Aquí hay gato encerrado.

El más canalla de ellos añadió:

—Siempre ha sido un tipo que quiere acaparar la atención.

Pero el resto del grupo tan solo exclamaba:

—¡Qué estupendo! Te felicitamos, Jenkin, y te deseamos mucha suerte.

Luego, Ward y Jenkin se marcharon juntos a un bar.

—Lo tuviste bastante escondido —dijo Ward—. ¿Qué vas a tomar?

—Una cerveza de barril —dijo Jenkin.

—¿Quieres conversar del asunto? —preguntó Ward con torpeza justo en el momento en que traían las cervezas—. Disculpa por la intromisión, ¿pero no es por causa de aquella chica?

Aquella chica era una jovencita que se pensaba que había tratado muy mal a Jenkin.

—Ah, —dijo Jenkin— supongo que de haberme casado con ella no me habría ofrecido para el viaje. Tampoco es que me trate de suicidar de una manera espectacular o cualquier otra tontería. No estoy deprimido y no siento nada en particular por ella. Te soy franco, no me interesan las mujeres; no por ahora. Me aterroriza el asunto.

—Entonces, ¿qué es?

—Auténtica e inaguantable curiosidad. He estudiado aquellos tres cortos mensajes al punto de habérmelos aprendido de memoria. He escuchado todas las teorías posibles respecto a lo que produjo la interrupción. Incluso he...

—¿Sabes con toda certeza que fueron interrumpidos? Pensé que uno de los mensajes había llegado completo.

—¿Te refieres a los de Traill y Henderson? Creo que estaban tan incompletos como los demás. El primero de ellos fue de Stafford. Viajó solo, como yo lo haré.

—¿Estás seguro de ello? Si quieres, viajaré contigo.

Jenkin asintió con la cabeza.

—Sé que lo harías —dijo—. Pero en un momento sabrás por qué no quiero que me acompañes en el viaje. Pero volvamos al tema de los mensajes. Es evidente que el mensaje de Stafford fue interrumpido por algo. Recuerdo que fue así: «Habla Stafford a ochenta kilómetros del Punto XO308 en la Luna. He alunizado perfectamente. *Tengo...*». Y después un silencio. Luego tenemos el caso de Traill y Henderson: «Hemos alunizado. Estamos bien. La cumbre M392 está directamente delante de nosotros. Cambio».

—¿Cómo interpretas ese «cambio»?

—Hay algo más. ¿Crees que significa que el mensaje ha *terminado*? Pero ¿a quién se le ocurriría, hablando desde la Luna a la Tierra por primera vez en la historia, decir tan poco, cuando habría *podido* decir mucho más? Es como si hubiera cruzado el canal de la Mancha a Calais y hubiese enviado a su abuela una postal que diga: «llegué bien». Es absurdo.

—Y *tú*, ¿qué piensas al respecto?

—Espera un momento. El grupo final lo formaban Trevor, Woodford y Fox. Fue Fox quien envió el mensaje. ¿Lo recuerdas?

—Probablemente no con tanta precisión como tú.

—Pues fue así: «Habla Fox. Todo ha salido muy bien. Ha sido un perfecto alunizaje. Han apuntado bien porque en estos momentos me encuentro en el Punto XO308. Veo directamente delante mío la cumbre M392. A mi izquierda, muy a lo lejos, más allá del cráter puedo ver las grandes cordilleras. A mi derecha veo el desfiladero de Yerkes. Detrás mío veo...». ¿Te das cuenta?

—No sé a qué te refieres.

—Pues a que Fox sufrió una interrupción justo en el momento en que dijo «detrás mío veo». ¿Y si Traill fue interrumpido justo cuando decía «por encima de mi hombro veo» o «detrás mío» o algo por el estilo?

—¿Acaso insinúas que...?

—Todas las pruebas apoyan la postura de que todo iba bien hasta que el astronauta miró detrás de él. Entonces algo lo atrapó.

—¿A qué te refieres con «algo»?

—Eso es lo que quisiera descubrir. Se me ocurre lo siguiente: ¿y si hay algo en la Luna o algún fenómeno psicológico producido por la experiencia del alunizaje que causa que los hombres pierdan la razón?

—Ah, ya te entiendo. ¿Quieres decir que Fox empezó a ver a su alrededor justo antes de que Trevor y Woodford se alistaran a darle un certero golpe en la cabeza?

—¡Exacto! Y en el caso de Traill, este vio a Henderson un instante antes de que lo matara. Y por esa razón, no pienso tener a un acompañante en el viaje, y mucho menos a mi mejor amigo.

—Pero, lo que me dices no explica lo que le sucedió a Stafford.

—Es cierto. Por eso no hay que descartar las otras hipótesis.

—¿Cuáles?

—Pues que lo que haya sido que los mató fuera algo que encontraron allá, algo lunar.

—¿Estás sugiriendo que hay vida en la Luna a estas alturas?

—Evadimos el asunto cada vez que usamos el término *vida* porque es obvio que nos sugiere algún tipo de organismo tal como lo conocemos en la Tierra, con toda su química. Claro que es imposible que haya alguna cosa de esa clase. Pero quizá haya alguna materia con capacidad de movimiento, yo no podría decir que sea inverosímil, algo que tenga una voluntad para moverse.

—Caramba, Jenkin, me parecen disparates. ¡Piedras con vida! Es pura ciencia ficción o mitología.

—Pues el simple hecho de viajar a la Luna solía ser ciencia ficción. Y en cuanto a mitología, ¿acaso no se ha hallado el Laberinto de Creta?

—Y todo se reduce básicamente —dijo Ward— a que nadie jamás ha regresado de la Luna y nadie, hasta donde sabemos, ha sobrevivido más que unos minutos. Es un lugar maldito —Ward se quedó mirando con pesimismo a su vaso de cerveza.

—Pues, alguien tendrá que ir —dijo Jenkin con entusiasmo—. Toda la raza humana no será golpeada por un pedazo de satélite.

—Debí haber sospechado que esa era tu verdadera motivación —dijo Ward.

—Pide otra cerveza y cambia tu cara triste —dijo Jenkin—. En fin, tenemos bastante tiempo. Supongo que no me enviarán hasta dentro de unos seis meses por lo menos.

Sin embargo, quedaba muy poco tiempo. Como cualquier hombre en este mundo moderno sobre quien ha caído la tragedia o que ha decidido empezar un gran proyecto, vivió los siguientes meses como un animal de caza. La prensa, con todas sus cámaras y equipos de grabación, lo perseguía. A esta no le importaba un comino si Jenkin se alimentaba o dormía o si lo habían tornado en un manojo de nervios antes de su viaje. Él les decía que eran «moscardas de la carne». En las situaciones en que no tenía otra escapatoria que dirigirles la palabra, les decía:

—Me encantaría llevarlos a todos ustedes conmigo.

Pero también se imaginaba que aquellos reporteros que daban vueltas alrededor de su nave como si fueran un anillo mortal (y de fuego) de Saturno podrían sacarlo de quicio. Estos reporteros difícilmente harían más cómodo el silencio de aquellos espacios eternos.

El despegue fue todo un alivio. Pero el trayecto fue peor de lo que se había imaginado. No me refiero al aspecto físico, ya de por sí extremadamente incómodo, sino a la experiencia emocional. Toda su vida había soñado, en una mezcla de terror y nostalgia, con aquellos espacios eternos, con encontrarse en el espacio, en el cielo. Se cuestionaba si la agorafobia de aquel espacio abierto, sin fin y vacío haría que perdiera la razón. Pero en el momento mismo en que fue colocado dentro de la nave, le vino un pensamiento sofocante de que el verdadero peligro de viajar en el espacio es la claustrofobia. Te insertan en un pequeño contenedor de metal, como un armario o, mejor dicho, como un ataúd. No puedes ver lo que sucede fuera, solamente lo que ves en la pantalla. El espacio y las estrellas se ven igual de lejos que en la Tierra. Donde estás es ahora tu mundo. El cielo nunca está donde tú estás. Lo único que has hecho es intercambiar el gran mundo de tierra, rocas, agua y nubes por un minúsculo mundo de metal.

La frustración de aquel deseo de toda una vida empezó a calar hondo en su mente mientras las horas de estrechez pasaban. Aparentemente, no es tan fácil huir de tu propio destino. Además, empezó a tomar consciencia de otro motivo, que le había pasado desapercibido, y que había estado haciendo efecto desde el día en que se ofreció de voluntario. Aquel amorío con la chica lo había dejado perplejo, diríamos que petrificado. Deseaba sentir otra vez, ser de carne y no de piedra. Sentir lo que fuera, incluso terror. Pues bien, en este viaje habría suficientes terrores antes de que todo llegase a su fin. Despertaría su interés, pero no tendría temor. Sintió que, por lo menos, podría deshacerse de aquella parte de su destino.

El alunizaje no fue absolutamente perfecto, porque tuvo que prestar atención a muchos artilugios, a muchas destrezas técnicas, pero al final no llegó a ser gran cosa. Sin embargo, su corazón latía un poco más rápido de lo acostumbrado mientras terminaba de colocarse el traje espacial y se alistaba a salir de la nave. Llevaba consigo un aparato de comunicación, cuyo peso le parecía tan ligero como una barra de pan. Había decidido no apresurarse en transmitir cualquier mensaje. Quizá ese hubiera sido el error de los demás. De todos modos, cuanto más se demorase en transmitir mensajes, más haría que aquellos reporteros estuvieran despiertos toda la noche esperando escribir noticias. ¡Que sufran!

Lo primero que le llamó la atención fue que el visor de su casco tenía un polarizado demasiado ligero. No le era posible ver hacia donde estaba el Sol. Incluso aquella roca brillaba en extremo, porque al fin y al cabo eran rocas y no polvo como se había supuesto. Entonces se quitó el aparato de comunicación para poder contemplar el paisaje lunar.

Lo que le sorprendió fue cuán pequeño se veía todo. Creyó encontrar alguna explicación lógica de ello. Quizá la falta de atmósfera impedía todos los efectos que la distancia ejerce en la Tierra.

Por lo menos sabía que los bordes dentellados del cráter estaban a unos cuarenta kilómetros de distancia. Pero le daba la impresión de que podía tocarlos. Los picos de aquellas cordilleras parecían ser de unos cuantos metros de alto. El oscuro cielo, con su innumerable y feroz multitud de estrellas, parecía un manto que caía pesadamente sobre el cráter. Las estrellas parecían estar casi al alcance de su mano. La impresión de un escenario en una tienda de juguetes, es decir, de algo que había sido preparado de antemano y por tanto de algo que le esperaba, le produjo un sentimiento de desilusión y opresión al mismo tiempo. Fueran cuales fueran los terrores de este lugar, la agorafobia no sería uno de ellos.

Tomó mediciones de su ubicación y el resultado fue bastante fácil de obtener. Se encontraba, así como Fox y sus compañeros, casi exactamente en el Punto XO308. Pero no había rastro alguno de restos humanos.

Si llegase a encontrar algún rastro, podría determinar la manera en que murieron. Empezó a buscarlos. Se empezó a alejar de la nave rodeándola en círculos cada vez más distantes. No había peligro de perderse en este lugar desolado.

Entonces tuvo su primera conmoción real de miedo. Lo peor de todo es que no estaba seguro de qué era lo que le causaba el miedo. Lo único que supo es que lo rodeaba una nauseabunda irrealidad; sentía que no estaba en aquel lugar ni hacía lo que había estado haciendo. Y de alguna manera extraña logró también conectarse con una experiencia que vivió en el pasado. Fue algo que pasó hace muchos años en una cueva. Efectivamente, ahora lo recordaba. Había estado caminando a solas cuando se percató del sonido de otras pisadas que lo seguían. Luego, en un instante, se dio cuenta del problema. Lo de este momento era exactamente la experiencia de la cueva, pero al revés. Aquella tenía sonidos de muchas pisadas. En esta, en cambio, había muy pocas pisadas. Caminaba sobre rocas como si fuera un fantasma. Se maldijo por su necedad como si cualquier niño no supiera que un mundo sin atmósfera es un mundo sin sonidos. Pero aquel silencio, aunque sabía su razón, seguía siendo aterrador.

A estas alturas, ya había permanecido en la Luna unos treinta minutos. Fue entonces cuando se percató de aquellas tres cosas extrañas.

Los rayos del Sol caían aproximadamente a noventa grados de su ángulo de visión, de tal forma que aquellas cosas se veían con un lado brillante y otro oscuro; de cada lado oscuro se proyectaba sobre la roca una oscura sombra, como si hubiese sido trazada con tinta china. Se veían como lámparas esféricas de color ámbar. Pero luego se las imaginó como simios gigantescos. Eran más o menos del tamaño de un hombre. Ciertamente tenían una burda forma humana, excepto que no tenían cabeza, lo cual le produjo deseos de vomitar.

En vez de cabezas tenían algo distinto. Eran más o menos humanos hasta los hombros. Luego, donde debía ir la cabeza, había algo monstruoso, un bloque esférico, opaco y amorfo. Y cada uno de ellos permanecía inmóvil como si acabase de detenerse o se preparase para moverse.

Recordó de inmediato y con espanto las palabras de Ward acerca de aquellas «piedras con vida». ¿Acaso no había mencionado él mismo algo que pudiera tener vida, no en el sentido normal, algo que pudiera moverse y tener voluntad? ¿Algo que, en todo caso, compartía con la vida la tendencia de esta a matar? De existir aquellas criaturas, que serían los equivalentes minerales de un organismo, es probable que pudieran quedarse perfectamente quietas por cien años sin sentir cansancio.

¿Estarán conscientes de mi presencia en medio de ellas? ¿Qué sentidos poseen? Los bloques esféricos sobre sus hombros no le daban ninguna pista.

Hay momentos en medio de una pesadilla o incluso en la vida real en que el temor y la valentía dictan el rumbo: apresurarse, sin plan alguno, contra el objeto que uno teme. Jenkin se acercó a una de las tres abominaciones, la que estaba más cerca de él, y golpeteó con los nudillos de sus guantes el bloque esférico.

¡Caray! Se le había olvidado que en la Luna no hay sonidos. Todas las bombas del mundo habrían podido explotar en este momento y no habría habido ningún sonido. Los oídos son inservibles en la Luna.

Dio un paso atrás y en un instante rodó por el suelo. De inmediato pensó:

—Así debe de haber sido como los demás murieron.

Pero estaba equivocado. Aquel objeto no se había movido ni un milímetro. Jenkin estaba ileso. Se puso de pie y se dio cuenta de en qué se había tropezado.

Se trataba sencillamente de un objeto terrenal. Era tan solo un equipo de comunicación. No como el de él, sino un modelo más antiguo y supuestamente inferior, exactamente como el que Fox habría portado.

Ahora que empezaba a comprender la verdad, empezó a sentir una emoción muy distinta a aquel terror que lo tenía apresado. Observó los cuerpos amorfos de aquellos objetos; luego los comparó con el suyo. Claro que así debe de ser el aspecto de uno cuando viste un traje espacial. Sobre su propia cabeza había una monstruosa esfera muy similar a la de aquellos objetos, pero afortunadamente no era opaca. Estaba viendo tres estatuas de astronautas: las de Trevor, Woodford y Fox.

Pero, entonces, debe de haber habitantes en la Luna; seres racionales; y más que eso, escultores.

¡Y qué clase de escultores! Quizá uno no estuviera de acuerdo con el estilo, porque ningún detalle de aquellas tres figuras poseía belleza alguna. Pero no se podían criticar sus destrezas artísticas. Excepto por las cabezas y los rostros dentro de cada esfera, imposibles de modelar adecuadamente en aquel medio, las estatuas eran perfectas. Aquella precisión fotográfica aún no se ha visto en la Tierra. Y aunque no tenían rostros, uno podía ver por la postura de sus hombros y, de hecho, de todo el cuerpo, que se había captado una pose instantánea. Cada uno de los objetos era la estatua de un hombre en el preciso momento en que volteaba para mirar atrás. Seguramente se invirtieron muchos meses de trabajo para tallar aquellas estatuas. Su talla captaba los gestos instantáneos como si fuera una fotografía en movimiento plasmada en piedra.

Jenkin se propuso en ese momento enviar un mensaje lo más pronto posible. Antes de que le pasara algo, la Tierra debía saber acerca de estas sorprendentes noticias. Empezó a alejarse del lugar con grandes brincos, disfrutando de la gravedad lunar, y se dirigió hacia su nave y su aparato de comunicación. Se sentía muy feliz. *Había* logrado escapar a su destino.

—¿Petrificado yo? ¿El final de los sentimientos?

Tenía sentimientos para toda la vida.

Se preparó con su aparato de comunicación de tal manera que le daba la espalda al Sol. Empezó a encenderlo y a hacer los ajustes necesarios:

—Habla Jenkin desde la Luna —empezó a transmitir.

Delante de él se podía ver una larga sombra negra que su propia silueta proyectaba. No hay sonidos en la Luna. Detrás de los hombros de su propia sombra apareció otra sombra desde la destellante roca. Era la sombra de una cabeza humana. ¡Y qué cabellera! Era voluminosa, rizada, movida quizá por el viento. Los cabellos se veían muy gruesos. Entonces, mientras que aterrorizado volteaba la mirada, en aquel breve instante pensó:

—Pero si aquí no hay viento. No hay aire. Es imposible que esos cabellos *ondeen*.

Sus ojos se encontraron con los de ella.

DESPUÉS DE DIEZ AÑOS

I

Ya han pasado varios minutos desde que el Rubio estuviese seriamente pensando en mover su pierna derecha. Si bien la incomodidad de su postura actual era casi insoportable, el movimiento que pretendía hacer era bastante complicado. Sobre todo en esta oscuridad, donde todos están firmemente apiñados. El hombre que está a su lado (no recuerda su nombre) quizá esté durmiendo o quizá esté en una postura tolerablemente cómoda para que no gruña o incluso lo maldiga si trata de presionarlo o empujarlo. Una pelea sería fatal. Algunos de la tropa tenían mal genio y eran gritones. Había también otros asuntos que evitar. El lugar apestaba a no más poder. Habían estado encerrados durante horas aguantándose de todas sus necesidades (incluyendo sus temores). Algunos de ellos (muchachos ingenuos y asustados) habían vomitado. Aquello sucedió cuando todo el objeto se movió, así que tenían una buena excusa. Los habían trasladado en este encierro de un lado a otro, a la izquierda, a la derecha, arriba y abajo (dando tumbos sin fin de aquí para allá). Fue peor que pasar por una tormenta en altamar.

Aquello había sucedido varias horas antes. Ahora se preguntaba cuántas horas más debían aguantar. Debía de ser ya de noche. La luz que se colaba por aquella portezuela inclinada a un extremo del maldito aparato ya había desaparecido. Estaban en una oscuridad total. El zumbido de los insectos había cesado. El aire viciado empezaba a enfriarse. Debían de haber pasado ya varias horas desde que el sol se ocultó.

Con mucho cuidado trató de estirar una de sus piernas. De inmediato se topó con un duro músculo, un músculo desafiante de la pierna de otro que estaba despierto y que no pensaba moverse. Así que por allí no había espacio. El Rubio encogió su pie y colocó su rodilla debajo de su barbilla. No era una postura como para aguantar por mucho rato, pero por el momento era un alivio. Ah, si todos pudiesen salir de inmediato de esa cosa.

Y cuando salieran, ¿cuál será el siguiente paso? Pues, suficiente tiempo como para estirar las extremidades entumecidas. Pensó que no les tomaría más de dos horas cumplir su misión, siempre y cuando todo saliera bien. ¿Y después? Después, iría a buscar a aquella Mujer Malvada. Estaba plenamente seguro de que la encontraría. Sabía que a ella la habían visto con vida un mes antes. La encontraría y apresaría. Le haría cosas... quizá la torturaría. Todo esto de torturarla se lo dijo para sí, pero solo en palabras. Se lo dijo en palabras porque no le venía a la mente ninguna imagen. Quizá se aprovecharía de ella primero, de una manera brutal, insolente, como conquistador y enemigo. Le mostraría que ella era tan solo una joven prisionera como cualquier otra. Y que no era más que cualquier otra joven. La excusa de que ella era de alguna manera distinta, aquella adulación interminable, fue probablemente el error que ella cometió al venir a este lugar. La gente es necia.

Quizá, cuando se hubiera aprovechado de ella, se la daría a los demás prisioneros para que se divirtieran. Sería una buena idea. Pero se desquitaría con los esclavos que la tocasen. La imagen de lo que les haría a los esclavos se formó sin problemas en su mente.

Tenía que estirar la pierna otra vez, pero descubrió que el lugar donde la había estirado anteriormente estaba ahora ocupado. El otro hombre ocupaba aquel lugar y el Rubio estaba desesperado por moverla. Giró un poco para poder descansar en el lado izquierdo de su cadera. Toda esta situación era también algo que debía agradecer a aquella Mujer Malvada, porque ella era la culpable de que todos se estuvieran asfixiando en esta guarida.

Pero no la torturaría. Pensó que eso no tendría sentido alguno. La tortura está bien para cuando se quiere extraer información; pero no es útil cuando uno quiere vengarse de alguien. Todos los que sufren la tortura hacen las mismas muecas y emiten los mismos quejidos. Uno termina perdiendo a la persona que odia y nunca logras que se sienta miserable. Además, ella era muy joven, tan solo una niña. Tendría lástima de ella al ver sus ojos llenos de lágrimas. Quizá lo mejor sería sencillamente matarla. Nada de intentos de violación ni castigos, tan solo una solemne, señorial, triste y casi pesarosa ejecución, como si fuera un sacrificio.

Pero para ello primero tendrían que salir de aquella guarida. La señal desde afuera debía haber venido hacía horas. Quizá el resto, todos sus compañeros que estaban con él en aquel lugar oscuro, pensaría que algo había fallado, pero nadie quería mencionarlo. No se hacía difícil imaginarse situaciones en las que algo hubiese fallado. Empezaba a sospechar que desde el principio el plan era una locura. ¿Acaso tenían algo que los protegiera contra algún intento de ser quemados vivos en aquel lugar? ¿Acaso sus compañeros de afuera tenían la obligación de encontrarlos? ¿O incluso encontrarlos solo a ellos y sin ninguna defensa? ¿Qué pasaría si no les llegase ninguna señal y jamás llegasen a salir de aquel lugar? Definitivamente se hallaban en una trampa mortal.

Con el propósito de detener aquellos pensamientos en su cabeza por pura fuerza de voluntad, se apretó los puños con tantas fuerzas que las uñas casi se clavaron en sus palmas. Porque todos sabían y todos habían dicho antes de entrar en aquel lugar que durante la larga espera esos pensamientos atacarían su mente y que había que evitarlos a toda costa. Debían pensar en cualquier otro pensamiento, pero no en aquellos.

Empezó otra vez a pensar en aquella Mujer. Dejó que surgieran imágenes de la oscuridad, toda clase de imágenes: vestida, desnuda, dormida, despierta, bebiendo, bailando, lactando a un niño, riéndose. Una pequeña chispa de deseo empezó a brillar: el viejo y siempre fresco sentimiento de sorpresa. Avivó la chispa deliberadamente. No hay nada como la lujuria para mantener el temor a raya y hacer que el tiempo pase.

Pero nada hacía que el tiempo pasara.

Unas horas más tarde, un calambre hizo que se despertara y emitiera un fuerte gemido. Al instante, una mano le tapó la boca.

—¡Silencio! ¡Presten atención! —dijeron varias voces.

Por fin se escuchaban ruidos venidos de afuera, alguien daba golpecitos debajo del piso.

—Oh Zeus, Zeus, que sean ellos y que no sea un sueño.

Los golpecitos se volvieron a escuchar, esta vez cinco, luego cinco más y luego dos, tal como se había acordado. Aquella oscuridad estaba repleta de codos y nudillos. Todos parecían moverse.

—¡Regresa a tu lugar! —dijo alguien—. ¡Danos más espacio!

Con un gran chirrido, se abrió la pequeña escotilla. Un cuadrado de menor oscuridad, comparado con la luz, apareció a los pies del Rubio. La alegría de tan solo poder ver algo, cualquier cosa, y la fuerte corriente de aquel aire frío y puro le quitaron por un momento todo lo que tenía en la cabeza. Alguien a su lado empezó a extender una soga por la abertura.

—¡Adelante! ¡Qué esperas! —le dijo una voz en el oído.

Trató de hacerlo, pero tuvo que desistir.

—Tengo calambres, debo esperar —respondió.

—Entonces, ¡apártate! —le dijo la voz.

Un hombre corpulento avanzó y empezó a descender de la soga con solo sus manos hasta que se perdió de vista. Uno tras otro lo siguieron. El Rubio fue casi el último.

Y así, respirando profundamente y estirando sus brazos y piernas, se pusieron de pie al lado del gran caballo de madera, acompañados de las estrellas y con un poco de escalofríos por aquel frío viento de la noche que soplaba en las angostas calles de Troya.

II

—¡Tranquilos! —dijo el Rubio Menelao— ¡Todavía no entren! ¡Respiren hondo! —luego, con voz baja, dijo—: Eteoneo, haz guardia en la puerta y no dejes entrar a nadie. No queremos que empiecen con el saqueo.

Habían pasado menos de dos horas desde que salieron del caballo y todo marchaba de maravilla. No habían tenido ningún problema en ubicar la puerta de Escea. Una vez dentro de los muros de la ciudad, todo enemigo desarmado es una ayuda o un hombre muerto, y la mayoría elige ser lo primero. Era de esperarse que hubiera una guardia en la puerta, pero ya se habían encargado de ella rápidamente y sin hacer ningún ruido. En veinte minutos ya tenían la puerta abierta y el grueso del ejército entraba raudamente a la ciudad. No había habido ningún enfrentamiento serio hasta que lograron alcanzar la ciudadela, donde se encontraba la guarnición militar. Hubo un breve enfrentamiento sangriento, pero el Rubio y sus espartanos sufrieron muy poco, ya que Agamenón insistió en dirigir la tropa. A fin de cuentas, el Rubio pensó que esta batalla debió haber sido suya, porque en cierto sentido toda esta guerra era suya, incluso si Agamenón era el rey de reyes y hermano mayor suyo. Una vez que alcanzaron la parte externa de los muros de la ciudadela, el principal destacamento se ubicó próximo a la puerta interior, que era muy sólida, mientras que el Rubio y sus hombres habían sido enviados a la parte trasera para buscar una entrada secundaria. Lograron dominar la defensa que encontraron allí y se detuvieron por un momento para recuperar el aliento, lavarse la cara y limpiar sus espadas y lanzas.

Aquel pequeño pórtico conducía a una plataforma empedrada rodeada de un muro que solo llegaba a la altura del pecho. El Rubio se apoyó con los codos para ver hacia abajo del muro. Ahora le era imposible ver las estrellas. Troya estaba en llamas. Aquellos gloriosos fuegos, aquellas lenguas flamígeras como largas melenas y barbas acompañadas de nubes de humo tupían el cielo. Más allá de la ciudad se podía ver el campo, iluminado por aquel incendio. Incluso se podía ver la conocida y odiada playa junto con una línea interminable de barcos. ¡Gracias a los dioses, porque muy pronto todo esto se terminará!

Mientras habían estado luchando, el recuerdo de Helena jamás pasó por su mente, lo cual le hizo feliz. Sentía que era una vez más un rey y soldado, y todas las decisiones que había tomado demostraron ser las adecuadas. Ahora que el sudor se había secado, aunque sentía la sed como un horno y tenía un pequeño tajo sobre su rodilla, parte del sabor de la victoria empezaba a generar pensamientos en su mente. Sin duda, Agamenón sería llamado el Saqueador de la Ciudad. Pero el Rubio tenía la sensación de que, cuando la historia llegase al conocimiento de los juglares, él mismo sería el centro de atención. El tema de los cantares sería la manera en que Menelao, rey de Esparta, logró vencer a los bárbaros y recuperar a la más bella mujer del mundo. Aún no sabía si iría a tomarla de regreso y llevársela a su lecho, pero desde luego no la mataría. ¿Destruir aquel trofeo?

Unos escalofríos le hicieron recordar que los hombres estaban empezando a sentir frío y que algunos iban a perder la paciencia. Se abrió paso entre la multitud de soldados y subió aquellos angostos peldaños hasta donde se encontraba Eteoneo.

—Vendré aquí —le dijo—. Trae contigo la retaguardia y haz que se apresuren.

Luego, levantó la voz.

—Compañeros —les dijo—, estamos por entrar. Manténganse juntos y presten atención a su alrededor. Quizá nos queden más luchas decisivas. Y es probable que todavía estén parapetados en algún callejón más adelante.

Los dirigió unos cuantos pasos adelante en la oscuridad, más allá de unas gruesas columnas que llevaban a un pequeño patio abierto donde se veía el cielo de la noche, que por un momento estuvo iluminado por las llamas de una casa que había colapsado en la ciudadela. Luego volvió la oscuridad total. Era obvio que se trataba de cuartos para los esclavos. Desde una esquina, un perro encadenado y con sus patas traseras estiradas les ladraba con odio profundo. El lugar estaba repleto de desechos. De pronto...

—Ah, ¿qué es esto? —exclamó.

Hombres armados salían de una puerta ubicada al frente de ellos. Por el aspecto de sus armaduras, eran príncipes de sangre; uno de ellos era poco más que un niño, y todos tenían la mirada —el Rubio había visto antes aquella mirada en ciudades conquistadas— de los hombres que luchan no para matar, sino para morir. Son los más peligrosos. Lograron matar a tres de sus hombres, pero al final todos los troyanos sucumbieron. El Rubio se inclinó para rematar al niño que aún se retorcía como un insecto herido. Agamenón muchas veces le había dicho que aquello era una pérdida de tiempo, pero el Rubio detestaba verlos retorcerse.

El siguiente patio fue diferente. Sus paredes tenían bajorrelieves y el pavimento era de baldosas azules y blancas, había también una piscina en el medio. Figuras femeninas, difíciles de ver en aquella luz oscilante del fuego, huyeron a izquierda y derecha hacia las sombras, como ratas a la fuga cuando uno entra en una bodega subterránea. Las mujeres más viejas lloraban y se quejaban sin sentido mientras trataban de huir con dificultad. Las más jóvenes gritaban a todo pulmón. Los soldados las buscaban como si fueran perros a la caza de ratas. Por aquí y por allá, los gritos terminaban en risitas nerviosas.

—¡No lo permitiré! —gritó el Rubio—. Mañana podrán tener todas las mujeres que quieran, pero ahora no.

Uno de sus hombres había soltado su lanza con el propósito de tener las dos manos libres para explorar a una morena y pequeña jovencita de dieciséis años, que parecía ser de Egipto. Los gruesos labios del soldado se aprovechaban del rostro de la joven. El Rubio lo golpeó en las nalgas con la parte roma de su espada.

—¡Suéltala, maldita sea! —le dijo— ¡O te cortaré el cuello!

—¡Avancen, avancen! —gritó Eteoneo desde la parte de atrás—. ¡Sigan al rey!

Por un pasaje abovedado se empezó a ver una luz nueva y constante; era una lámpara. Llegaron a un sitio techado. Era un lugar extraordinariamente silencioso y ellos mismos se quedaron quietos luego de ingresar. El ruido del asedio y del ariete contra la puerta principal al otro lado del castillo les parecía que venía de muy lejos. Las flamas de la lámpara no se movían. La habitación estaba impregnada de un olor agradable, hasta se podía oler el gran precio de aquel aroma. El piso estaba cubierto de un material suave, de color carmesí. Había cojines de seda colocados sobre muebles de marfil; las paredes también estaban recubiertas de marfil y decoradas con incrustaciones de jade traídas del fin del mundo. El cuarto tenía vigas de cedro enchapado en oro. La tropa se sintió humillada por aquellos lujos. En Micenas no había nada que se le pareciera, mucho menos en Esparta y ni pensarlo en Cnosos. Los soldados se cuestionaron: «¿Y así han estado viviendo estos bárbaros todos estos diez años, mientras nosotros sufríamos de calor y frío en aquellas tiendas de campaña en la playa?».

Por fin se ha acabado todo esto, pensó para sus adentros el Rubio.

Entonces fijó la vista en un gran jarrón tan finamente labrado que pensó que había crecido como una flor; era de un material translúcido que jamás había visto. Por un segundo se quedó pasmado observando el objeto. Luego, en represalia, con el extremo opuesto de su lanza golpeó el objeto tan fuerte que lo hizo trizas en cientos de pedacitos que tintineaban y brillaban. Sus hombres se rieron del espectáculo. Luego, tomaron la iniciativa de seguir su ejemplo y empezaron a romper y destruir. Sin embargo, al Rubio le disgustó ver que sus hombres hicieran lo mismo.

—Investiguen qué hay detrás de aquellas puertas —les dijo.

Había muchas puertas. De algunas de ellas los soldados arrastraron o sacaron a empujones a algunas mujeres; no eran esclavas, sino esposas o hijas de reyes. Los soldados no intentaron hacer ninguna tontería con ellas; sabían muy bien que aquellas mujeres estaban destinadas a sus superiores. Los rostros de ellas revelaban sentimientos de terror. Más adelante se veía una puerta cubierta por una cortina. El Rubio movió a un lado aquella pesada cortina de finos bordados e ingresó a la otra habitación. Se trataba de un cuarto interior más pequeño, pero con detalles más exquisitos.

Tenía un aspecto poliédrico. Cuatro delgados pilares sostenían un techo decorado y entre estos colgaba una lámpara que era una maravilla de orfebrería en oro. Debajo de la lámpara, sentada y apoyándose en uno de los pilares, se encontraba una mujer, que no era joven; en su mano tenía un huso y con este hilaba. Estaba ubicada como una gran señora que se encuentra en su casa a mil kilómetros de la guerra.

El Rubio ya había estado antes en emboscadas. Sabía muy bien el esfuerzo que un soldado tiene que hacer para quedarse quieto cuando algún peligro mortal lo acecha.

Esa mujer debe de tener la sangre de los dioses, pensó para sí.

Se propuso preguntarle dónde podía encontrar a Helena. Lo haría de una manera cortés.

Ella lo miró y dejó de hilar, pero no se movió.

—¿La joven? —dijo en voz baja—. ¿Aún vive? ¿Está bien?

Entonces, ayudado por aquella voz, la reconoció. Y al primer segundo de haberla reconocido, todas aquellas ideas que tuvo en su mente durante estos once años se hicieron trizas. Ni los celos ni aquella lujuria, ni aquellos sentimientos de ira ni tampoco de afecto pudieron volver a manifestarse. No había nada que pudiera describir lo que acababa de ver. Y por un momento sintió un vacío dentro de él.

Porque jamás se la imaginó en esta condición. Jamás soñó en verla así, con su flácida piel acumulada debajo de su mentón, que su rostro fuera tan orondo y sin embargo tan demacrado, que sus sienes tuvieran canas y hubiera arrugas en sus ojos. Incluso su altura era menor de lo que él recordaba. El suave esplendor de su piel, que alguna vez hizo que sus brazos y sus hombros resplandecieran, había desaparecido por completo. Lo que se veía era una mujer envejecida, triste y paciente, que preguntaba por el paradero de su hija, de la hija de ellos.

Aquel asombro causó que sin pensarlo bien dijera:

—Hace diez años que no veo a Hermíone —comentó el Rubio.

Luego recuperó el control de sí mismo. ¡Qué descaro de parte de ella preguntar de esta manera, como lo haría una esposa decente! Sería desastroso para ellos caer en una típica charla entre marido y mujer como si nada hubiese pasado. Sin embargo, lo que había sucedido entre ellos era menos devastador que lo que ahora él encaraba.

Él experimentó como una parálisis de emociones encontradas. A ella le benefició. ¿Dónde estaba ahora su elogiosa belleza? ¿Venganza? Su espejo la castigaba peor de lo que él hubiera podido. Pero había también sentimientos de lástima. La historia de que ella era hija de Zeus, la fama que la había convertido en leyenda en ambos lados del mar Egeo, todo ello se había reducido a esto, todo destruido como aquel jarrón que hizo trizas cinco minutos antes. Pero había también sentimientos de vergüenza. Él también había soñado con ser parte de aquellas historias del hombre que logró recobrar a la mujer más hermosa del mundo. ¿No fue así? En cambio, lo que logró recuperar fue a esta mujer. Por ella murieron Patroclo y Aquiles. Si se presentase delante del ejército con ella como trofeo, como el trofeo de ellos, ¿no sería el hazmerreír de todo el mundo? Sería la causa de risas interminables hasta el fin del mundo. Entonces, de pronto se le vino a la mente que los troyanos debieron de haber sabido esto desde hacía muchos años. Ellos también debían de haberse reído a carcajadas cada vez que un griego caía en batalla. Y no solo los troyanos, también lo sabían los dioses. Lo supieron desde el principio. Esto hizo que se divirtieran a costa de él para provocar a Agamenón, y a costa de este para agitar a toda Grecia y así causar una guerra entre estas dos naciones por diez inviernos, todo por una mujer que nadie estaría dispuesto a comprar en cualquier mercado, salvo como empleada doméstica o enfermera. El amargo viento de la burla divina soplaba en su cara. Todo por nada, todo ha sido una estupidez y él el principal estúpido.

Escuchó a sus hombres entrar estrepitosamente en el cuarto detrás de él. Había que tomar alguna decisión. Helena no dijo ni hizo nada. Si ella se hubiese postrado a los pies del Rubio, si le hubiese rogado que la perdonase, si se hubiese puesto de pie y lo hubiese maldecido, si ella se hubiese apuñalado... Pero tan solo esperó, con las manos (aquellas manos que ahora eran nudosas) cruzadas en su regazo. El cuarto se llenaba de soldados. Sería terrible que reconocieran a Helena. Quizá sería peor si el Rubio tuviera que decírselo. El más viejo de los soldados se quedó mirándola fijamente y luego miró al Rubio.

—¿Y? —dijo el soldado, casi soltando una risita—. Entonces, por todos los dioses...

Eteoneo le dio un codazo para que se callara.

—¿Cuáles son tus órdenes, Menelao? —preguntó mirando al piso.

—¿Con los prisioneros, los otros prisioneros? —dijo el Rubio—. Debes asignar una guardia y que se los lleven al campamento. El resto que vaya al lugar donde está Néstor. La reina, esta, a nuestro campamento.

—¿Atada? —susurró Eteoneo a su oído.

—No es necesario —dijo el Rubio. Fue una pregunta desagradable y cualquier respuesta causaba indignación.

No era necesario conducirla. Ella se marchó con Eteoneo. Hubo ruidos, quejidos y llantos porque se tuvo que atar de manos a los demás y aquello le pareció una eternidad al Rubio. Evitó mirar a Helena directamente a los ojos. ¿Qué le diría su mirada a ella? ¿Y cómo sería posible que su mirada no dijera nada? Se distrajo escogiendo a los hombres que serían la escolta de los prisioneros.

Por fin, las mujeres y el problema ya no estaban, aunque fuera por un momento.

—¡Vamos, muchachos! —les dijo—. Tenemos mucho por hacer. Debemos cruzar el castillo y encontrarnos con los demás compañeros. ¡Que no se les ocurra que todo esto ya ha terminado!

Añoraba estar en combate otra vez. Lucharía como nunca jamás hubiera luchado. Quizá moriría. Entonces el ejército se habría encargado de ella. Pero aquella imagen mental, tenue y agradable de un futuro que merodea la imaginación de la mayoría de los hombres se había esfumado.

III

A la mañana siguiente, lo primero que el Rubio notó fue el ardor del tajo que había sufrido en su rodilla. Luego de estirarse, sintió en todos sus músculos los dolores posteriores a la batalla; tenía la boca seca y sintió mucha sed; se sentó y observó que tenía el codo amoratado. La entrada a la tienda de campaña estaba abierta y por la luz que entraba pudo determinar que habían pasado varias horas desde el amanecer. Se le vinieron dos pensamientos a la mente: la guerra ha terminado y Helena está aquí. No sintió ninguna emoción respecto a ninguna de estas cosas.

Se levantó quejándose un poco, se frotó los ojos y salió del campamento. Tierra adentro pudo ver el humo que todavía se cernía en el aire sobre las ruinas de Troya y, más abajo, un sinnúmero de pájaros. Había un silencio total. La tropa se debía de haber quedado dormida hasta tarde.

Eteoneo se le acercó, cojeando un poco y con la mano derecha vendada.

—¿Te queda algo de agua? —dijo Menelao—. Tengo la garganta más seca que la arena.

—Tienes que ponerle un poco de vino, Rubio Menelao. Tenemos vino como para nadar en él, pero casi se nos ha acabado el agua.

—Ponle vino, pero poquísimo —respondió Menelao haciendo una mueca.

Eteoneo se marchó cojeando y luego regresó con una copa. Ambos entraron en la tienda de campaña del rey y cuando Eteoneo cerraba la puerta...

—¿Por qué has cerrado la puerta? —le increpó el Rubio.

—Tenemos que hablar, Menelao.

—¿Hablar? Pienso volver a dormir.

—Pues hay un asunto que debes saber —dijo Eteoneo—. Cuando Agatocles trajo a las mujeres prisioneras que habían sido asignadas para nosotros la noche anterior, encerró a las demás en el gran cortijo donde guardamos a los caballos. Y a los caballos los puso afuera en un corral cercado, donde están seguros. Pero a la reina la puso sola en la tienda de campaña próxima a la nuestra.

—¿La *reina*? ¿Dices que es reina? ¿Cómo sabes que va a seguir siendo reina? No he dado ninguna orden al respecto. Aún no he tomado ninguna decisión.

—Así es, pero la tropa ya ha tomado una decisión.

—¿Qué quieres decir?

—Así la llaman. Y también dicen que es la hija de Zeus. Y cuando pasan por su tienda de campaña, le ofrecen el saludo militar.

—Pues que me parta...

—Escucha, Menelao. No vale la pena que le des rienda suelta a tu ira. *No* puedes tratarla como a cualquiera, sino como a tu reina. La tropa no tolerará otra cosa.

—Pero ¡por las puertas del Hades, pensé que toda la tropa deseaba verla muerta! Al fin y al cabo, todo lo que han sufrido es por culpa de ella.

—Efectivamente, si hablamos de todo el ejército en general. Pero no con nuestros espartanos. Ella es aún su reina.

—¿Esa mujer? ¿Esa decrépita, gorda y vieja mujer? ¿Esa prostituta que estuvo con Paris y solo los dioses saben con quién más? ¿Han perdido la cabeza? ¿Qué es Helena para ellos? ¿Acaso se han olvidado de que yo soy su marido y su rey, y el rey de ellos también? ¡Maldita sea!

—Si quieres que responda a tus comentarios, diré algo que no te va a gustar para nada.

—Di lo que tengas que decirme.

—Dices que eres su marido y rey de ellos. Ellos dicen que eres rey solamente porque eres marido de ella. No perteneces a la estirpe real de la casa de Esparta. Tú te convertiste en rey de ellos cuando te casaste con la reina. Tu condición de rey depende de la condición de reina que ella posee.

El Rubio agarró la vaina de una espada y empezó a golpear salvajemente unas tres o cuatro veces contra una avispa que había descendido sobre unas gotas derramadas de vino.

—¡Maldito insecto! —gritó—. ¡Ni a ti te puedo matar! Quizá también eres sagrado. Quizá Eteoneo me cortará el cogote si te logro aplastar, maldita avispa...

¡Paf! ¡paf! No logró matar a la avispa. Cuando el Rubio se volvió a sentar, estaba sudando profusamente.

—Estaba seguro de que no te agradaría escuchar lo que te tenía que decir —le dijo Eteoneo—, pero...

—Fue culpa de la avispa, que me hizo perder la paciencia —comentó el Rubio—. ¿Crees que soy tan estúpido que no estoy consciente de cómo obtuve mi trono? ¿Crees que *eso* me altera la bilis? Creía que me conocías mejor. Es obvio que la tropa está en lo correcto, esto es, según la ley. Pero nadie les presta atención a esos asuntos una vez que el matrimonio se ha consumado.

Eteoneo se quedó callado.

—¿Me quieres decir que la tropa ha estado pensando de esta manera desde hace mucho tiempo? —preguntó el Rubio.

—El asunto nunca salió a la luz. ¿Cómo habría podido hacerlo? Sin embargo, jamás se olvidaron de ella y de que era la hija del dios más poderoso de todos.

—¿Tú lo crees?

—Hasta que sepa exactamente lo que los dioses desean, mantendré la boca cerrada.

—Además —añadió el Rubio, intentando una vez más matar a la avispa— resulta que, si ella es realmente hija de Zeus, entonces no puede ser hija de Tindáreo. Y yo estaría más cercano a la sangre real que ella.

—Supongo que la tropa cree que Zeus es mejor rey que tú o Tindáreo —dijo Eteoneo.

—Y supongo que tú también —respondió el Rubio, con sonrisa burlona.

—Así es —dijo Eteoneo y luego añadió—: Tuve que decírtelo, hijo de Atreo. Es un asunto que involucra mi propia vida tanto como la tuya. Si permites que nuestros soldados luchen a muerte contra ti, ten por cierto que te defenderé y no te degollarán hasta que me hayan degollado a mí primero.

De pronto, se empezó a oír una voz intensa y contenta, como la de un gran amigo, que cantaba a las afueras de la tienda de campaña. La puerta se abrió. Era Agamenón. Vestía su mejor armadura, con las piezas de bronce recién pulidas, la capa de color escarlata y su barba suave y abrillantada con aceite. En comparación, los otros dos parecían mendigos. Eteoneo se puso de pie e inmediatamente hizo la venia al Rey de los Hombres. El Rubio asintió con la cabeza a su hermano.

—¿Y bien, Rubio? ¿Cómo estás? —dijo Agamenón—. Envía a tu escudero a que nos traiga vino.

Ingresó a la tienda de campaña y despeinó los rizos del cabello de su hermano, como si fueran los de un niño.

—¡A qué vienen tales ánimos! No pareces un conquistador de ciudades. ¿Estás desanimado? ¿Acaso no hemos ganado la guerra? ¿Ya recibiste tu premio?

Soltó unas carcajadas tan fuertes que su gran pecho vibraba.

—¿De qué te ríes? —preguntó el Rubio.

—Ah, el vino —dijo Agamenón tomando la copa que Eteoneo había traído. Bebió bastante, puso la copa en la mesa, se secó el gran bigote que llevaba y dijo—: No me sorprende que estés deprimido, hermano. He visto nuestro premio. Fui a verla a su tienda de campaña. ¡Por los dioses! —Inclinó su cabeza hacia atrás y se rio sin más no poder.

—No sé por qué tú y yo tenemos que hablar de mi esposa —dijo el Rubio.

—De hecho, tenemos que hacerlo —dijo Agamenón—. Porque habría sido mejor que hubiésemos hablado de este asunto antes de casarte con ella. Te habría ofrecido algunos consejos. No sabes tratar a las mujeres. Cuando un hombre sabe cómo tratarlas, jamás hay problemas. Mírame a mí. ¿Has oído que Clitemnestra me haya dado algún problema? Ella es sensata.

—Me has dicho que tenemos que hablar ahora, ¿por qué no hemos hablado en todos estos años? —dijo el Rubio.

—Ahora te contaré. Pero la pregunta es qué hacer con esta mujer. Y, dicho sea de paso, ¿qué *quieres* hacer?

—Ya he tomado una decisión, supongo que me compete solo a mí —dijo el Rubio.

—No del todo. Resulta que el ejército ya ha tomado una decisión.

—¿Qué tenemos que ver con ellos?

—¿Sigues pensando como un niño? ¿Acaso no se les ha dicho todos estos años que ella es la causante de todo este conflicto, de la muerte de sus amigos y de sus propias heridas de guerra y de solo los dioses saben qué problemas que les esperan cuando lleguen a casa? ¿Acaso no insistimos en decirles que luchaban para rescatar a Helena? ¿Y ahora no crees que ellos exigirán que ella pague por su rescate?

—Sería mucho más fiel a la verdad decirles que luchaban por mí. Luchaban para que recuperase a mi mujer. Los dioses saben que digo la verdad. No empeores la situación. Si el ejército me mata, no se lo echaría en cara. No quise que las cosas sucedieran como se dieron. Habría preferido correr el riesgo y morir con un grupo de mis soldados. Incluso cuando llegamos a este lugar, quise resolver el conflicto con una sola batalla. Sabes muy bien que así fue. Pero si tenemos que llegar a...

—Ya estamos, ya estamos... Rubio. No empieces a echarte la culpa otra vez. Ya lo hemos escuchado. Y si te sirve de consolación, no creo que te afecte lo que te voy a decir, ahora que la guerra ha terminado: ni siquiera fuiste tan importante como crees para el inicio de la guerra. ¿No has comprendido que Troya tenía que ser destruida? No podíamos cruzarnos de brazos y dejar que Troya dominase la entrada al Euxino, cobrando peajes a barcos griegos, hundiéndolos y controlando el precio del trigo. La guerra era inevitable.

—¡No me digas que Helena y yo fuimos tan solo un pretexto para la guerra! De haberlo sabido...

—Hermano, siempre ves las cosas con la ingenuidad de un niño. Claro que quise vengar tu honor y el honor de Grecia. Mis juramentos me obligaban a hacerlo. Además yo sabía, como todos los reyes griegos sensatos, que debíamos exterminar a Troya. Pero fue como algo caído del cielo, una dádiva de los dioses, que Paris huyera con tu mujer justo al momento más propicio.

—Entonces, te habría agradecido que le dijeras al ejército la verdad desde el principio.

—Mi hermanito, les dijimos aquella parte de la verdad que a ellos les convenía escuchar. Vengarse de una violación y recuperar a la mujer más hermosa del mundo, esa es la clase de verdad que las tropas entienden y por la que están dispuestas a luchar.

¿Para qué les habría servido hablarles del comercio internacional de trigo? ¡Jamás llegarás a ser general!

—Eteoneo, tráeme también un poco de vino —dijo el Rubio.

Lo bebió con desesperación y no dijo nada.

—Como te seguía diciendo —dijo Agamenón—, ahora que tenemos a Helena, el ejército querrá ejecutarla. Quizá quieran degollarla sobre la tumba de Aquiles.

—Agamenón —dijo Eteoneo—, no sé realmente lo que Menelao quiera hacer, pero el resto de nosotros, los espartanos, lucharemos si vemos cualquier intento de matar a la reina.

—¿Y tú crees que me sentaré a ver el espectáculo? —dijo Menelao, mirándolo con ira—. Si llegamos al extremo de tener que luchar, yo aún seré su comandante.

—¡Qué bonito! —dijo Agamenón—. Ambos son tan veloces para tomar decisiones... Te repito, Rubio, que casi con toda certeza el ejército exigirá que Helena pase por el cuchillo del sacerdote. Yo casi esperaba que dijeras «¡por fin!» y que nos entregaras a Helena. Pero ahora me doy cuenta de que te tengo que decir algo más. Cuando la vean, tal como está ahora, dudo que crean que se trata de Helena. Y debido a ello, corremos peligro. Ellos creerán que tú tienes aún a la bella Helena, la de sus sueños, y que la has escondido. Entonces se reunirán y tú terminarás siendo el culpable y te matarán.

—¿Acaso creen que una joven tendría el mismo aspecto después de diez años? —dijo el Rubio.

—Pues, para serte franco, a mí también me causó sorpresa cuando la vi —dijo Agamenón—. Y sospecho que a ti te sucedió lo mismo. —Repitió su detestable carcajada—. Claro que podríamos usar a otras prisioneras para que suplanten a Helena. Tenemos otras jóvenes muy bellas. Incluso si no los convenciéramos del todo, quizá se calmarían, si damos por sentado que crean que la verdadera Helena es inalcanzable. Así que el meollo del asunto es este: si quieres poner a salvo a tus espartanos, a tu esposa y a ti, solo te queda una alternativa. Todos ustedes deben embarcarse sigilosamente esta noche y dejarme a mí que me las arregle a solas. A mí me irá mucho mejor sin la presencia de ustedes.

—A ti te habría ido mejor sin mí toda tu vida.

—Para nada, para nada. Yo volveré a casa como el Saqueador de Troya. Piensa en Orestes, que creció con la fama de aquella estirpe. Piensa en los maridos que podré conseguir para mis hijas. Y la pobre Clitemnestra también estará de acuerdo. Seré un hombre feliz.

IV

LO ÚNICO QUE quiero es justicia. Y que me dejen en paz. Desde el principio, desde el día en que me casé con Helena hasta este preciso momento, ¿quién se atrevería a decir que he cometido algún agravio contra él? Tenía el derecho a casarme con ella. Tindáreo me la entregó. Incluso se le preguntó a ella, y no planteó ninguna objeción. ¿Qué defecto pudo haber encontrado ella en mí luego de que me convirtiera en su marido? Jamás la he golpeado. Jamás la he violado. En muy pocas ocasiones he metido a la cama a alguna de las sirvientas, y ninguna esposa con criterio se quejaría jamás de ello. ¿Acaso he tomado a uno de sus hijos y lo he sacrificado al dios de las tormentas? Sin embargo, Agamenón hace todas esas cosas y sigue teniendo una esposa obediente y fiel.

¿Acaso alguna vez he entrado a hurtadillas en la casa de otro hombre para secuestrar a su mujer? Paris me hizo eso. Intenté vengarme de la manera correcta, con un combate entre los dos delante de ambos ejércitos. Pero hubo cierta intervención divina, una especie de desmayo, no sé lo que me sucedió, y mi adversario pudo escapar. Yo estaba ganando la lucha. De haber tenido dos minutos más, mi adversario indudablemente habría muerto. ¿Por qué los dioses jamás intervienen del lado del hombre que ha sufrido una injusticia?

Jamás he luchado contra dioses, tal como lo hiciera Diomedes, o como él dice que lo hizo. Jamás he traicionado nuestra causa ni he contribuido a la derrota de los griegos, como hizo Aquiles. Y ahora resulta que él es un dios y su tumba es un altar. Jamás me zafé de la situación como Odiseo, y jamás cometí sacrilegio, como él. Y ahora resulta que él es el verdadero capitán de todos ellos —a pesar de todos sus trucos y artimañas, Agamenón no pudo controlar al ejército sin su ayuda—, comparado con él, no soy nada.

Nada ni nadie. Creí ser el rey de Esparta. Al parecer, soy el único que lo creyó. Soy simplemente el mayordomo de esa mujer. Mi deber consiste en luchar las guerras de ella, cobrar los tributos destinados a ella y llevar a cabo toda su labor, pero ella sigue siendo la reina. Ella tiene la prerrogativa de convertirse en prostituta, en camarera, en troyana. Nada importa. En el instante mismo en que ella entra en nuestro campamento, se convierte en reina, como antes. Todos los arqueros y mozos de cuadra me pueden increpar y decirme que cuide mis modales y que atienda a su majestad con el debido respeto. Incluso Eteoneo, mi compañero de armas, se burla de mí diciéndome que no soy un verdadero rey. Y un segundo después me dice que morirá conmigo si los espartanos deciden matarme. No estoy seguro.

Quizá él también es un traidor. Quizá él sea el siguiente amante de esta depravada reina.

No ser rey es lo peor de todo. Ni siquiera soy un hombre libre. Cualquier jornalero, cualquier vendedor ambulante, cualquier pordiosero tiene la libertad de castigar a su mujer de la manera más adecuada si ella le ha sido infiel. En mi caso es «¡No la toques! Es la reina, la hija de Zeus».

Y ahora aparece Agamenón con su sonrisa burlona, como siempre lo ha hecho desde que éramos niños, mofándose de ella porque ha perdido su belleza. ¿Con qué derecho se expresa así sobre ella delante de mí? Me pregunto cómo se verá su propia mujer Clitemnestra el día de hoy. Diez años, diez años. Y en Troya debieron de haber tenido escasez de alimentos por un buen tiempo. Una situación poco saludable, encerrados detrás de aquellos muros. Afortunadamente, parece que no hubo ninguna plaga. ¿Y quién sabe cómo la trataron aquellos bárbaros cuando la guerra empezó para que ella se les opusiera? Por Hera, debo descubrir más al respecto. ¿Cuándo podré hablar con ella? ¿Puedo hablar con ella? ¿Qué le digo?

Eteoneo le rinde culto, Agamenón se burla de ella y el ejército quiere degollarla. ¿A quién pertenece esa mujer? Al parecer es de todos menos mía. Yo no cuento. Yo soy parte de su propiedad y ella es propiedad de todos los demás.

He sido el títere de una guerra por naves cargadas de trigo.

Me pregunto qué es lo que ella estará pensando, ahora que está a solas en aquella tienda de campaña. Seguramente estará piensa que te piensa. A menos que le haya dado audiencia a Eteoneo.

¿Podremos escapar sanos y salvos esta noche? Hemos hecho todo lo que pudimos durante el día. Ahora no nos queda más que esperar.

Quizá sea mejor que el ejército se entere del plan y todos muramos luchando en la playa. De esta manera ella y Eteoneo se darán cuenta de que soy aún capaz de cumplir una sola cosa. La mataría antes de que ellos la maten. La castigaría y la salvaría con tan solo un golpe de mi espada.

¡Malditas moscas!

V

(Posteriormente. Han arribado a Egipto y los ha recibido un egipcio).

—Lamento que haya pedido usted eso, padre —dijo Menelao—, pero supongo que lo dijo sin intención de que se lo conceda. Ciertamente usted tiene razón, la mujer no vale la pena.

—El agua fría que el hombre desea es mejor que el vino que se niega a tomar —dijo el viejo.

—Le daré algo mejor que esa agua fría. Le ruego que acepte esta copa.

El rey troyano bebió de la misma copa.

—¿Me negarás la mujer, huésped mío? —dijo el viejo, que seguía sonriendo.

—Le ruego que me perdone, padre —dijo Menelao—. Me causaría mucha vergüenza.

—Ella es la clase de mujer que te he pedido.

¡Malditos bárbaros y malditas sus costumbres!, pensó Menelao para sus adentros. ¿Qué clase de hospitalidad es esta? ¿Acaso la costumbre es pedir algo que no tenga valor alguno?

—No me la negarás, ¿cierto? —dijo el viejo, que no dirigía la mirada directamente a Helena, sino al costado de Menelao.

El viejo realmente la desea, pensó para sí Menelao, lo cual le empezó a causar ira.

—Si no me la quieres dar —dijo el egipcio con desprecio—, ¿no me la quieres vender?

Menelao empezó a sentir que su rostro se encendía como un fuego. Había hallado la razón de su ira, la cual iba en aumento. Aquel viejo estaba insultándolo.

—Pues, no te daré a la mujer —le respondió— y jamás te la venderé.

El rostro del viejo no mostraba ninguna emoción. ¿Acaso aquel rostro liso y bronceado era capaz de mostrar alguna? El viejo siguió sonriendo.

—¡Aaah! —dijo finalmente, alargando las sílabas—. Debiste habérmelo dicho. Quizá ella es tu vieja enfermera o quizá...

—¡Ella es mi esposa! —grito Menelao.

Las palabras salieron de su boca muy altas, muy infantiles y demasiado ridículas. No tuvo la más mínima intención de decirlas. Su vista se paseó por toda la habitación. Si alguien hubiera osado burlarse de él, lo habría matado. Pero los rostros de todos los egipcios eran serios, aunque cualquiera se habría dado cuenta de que se estaban mofando de él. Sus propios hombres fijaban la mirada en el piso. Sentían vergüenza de él.

—¡Forastero! —dijo el viejo—. ¿Estás seguro de que esa mujer es tu esposa?

Menelao miró fijamente a Helena, empezando a dudar de si estos hechiceros egipcios quizá le habrían hecho algún truco. La mirada fue tan rápida que no solo la miró a ella, sino que por primera vez pudo verla directamente a los ojos. Y, en efecto, ya no era la misma. Se sorprendió con aquella mirada que, sorprendentemente, ahora mostraba alegría. En nombre de la casa de Hades, ¿por qué razón? Luego, desapareció en un instante y volvió a tener aquella mirada de desolación. Pero ahora el anfitrión estaba volviendo a hablar.

—Sé muy bien quién es tu esposa, Menelao, hijo de Atreo. Te casaste con Helena Tindáreo. Y esta mujer que ves, Helena no es.

—Esto es una locura —dijo Menelao—. ¿Crees que no lo sé?

—Eso es ciertamente lo que creo —replicó el viejo, con voz baja—. Tu esposa jamás viajó a Troya. Los dioses te han engañado. Aquella mujer que estuvo en Troya y que estuvo en la cama con Paris no es Helena.

—Entonces, ¿quién es esta mujer? —preguntó Menelao.

—Ah, ¿quién pudiera ofrecer la respuesta? Se trata de una cosa que pronto desaparecerá. Estas cosas a veces viajan por la tierra por un tiempo. Nadie sabe lo que son.

—¡Te burlas de mí! —dijo Menelao.

En realidad, Menelao no pensaba que se estuvieran burlando de él. Pero tampoco creía lo que se le había dicho. Pensó que había perdido su sano juicio, quizá estaba borracho o quizá el vino contenía alguna droga.

—No me sorprende escuchar lo que has dicho —respondió el viejo—. Pero no lo volverás a decir cuando te muestre a la verdadera Helena.

Menelao tomó asiento y se quedó callado. Sospechaba que algo muy extraño le había sucedido. No era posible argumentar contra estos demonios extranjeros. Nunca fue lo suficientemente inteligente. Si Odiseo hubiera estado aquí, habría sabido qué decir. Mientras tanto, la banda de músicos seguía tocando sus instrumentos. Los esclavos seguían realizando sus tareas sin hacer ruido. Estaban trasladando todas las luces a un solo lugar, al otro extremo del recinto, cerca de una puerta, y por ello el resto del gran recinto se oscurecía cada vez más. Todas las lámparas juntas producían un brillo muy fuerte. La música continuaba.

—Hija de Leda, preséntate —dijo el viejo.

Y en ese preciso momento apareció, desde la oscuridad de aquella puerta.

[El manuscrito queda inconcluso en este punto]

ANOTACIONES ACERCA DE *DESPUÉS DE DIEZ AÑOS*

I

Roger Lancelyn Green

EMPECÉ ESTA HISTORIA en torno a Helena y Menelao tras la caída de Troya y logré terminar el primer capítulo, si mal no recuerdo, en 1959, antes de que Lewis visitara Grecia. Todo comenzó, tal como Lewis dijera de las historias de Narnia, a partir de «imágenes mentales», en torno al Rubio *dentro* del caballo de madera y cuando tomó consciencia de lo que él y sus compañeros habrían sufrido durante casi veinticuatro horas de claustrofobia, apiñamiento y peligros. Recuerdo a Lewis leyéndome el primer capítulo y el sentimiento de emoción por saber dónde nos encontrábamos y quién era el Rubio.

Pero Lewis todavía no había escrito la trama para el resto de la historia. Conversamos acerca de todas las leyendas en torno a Helena y Menelao que ninguno de los dos conocíamos. Y eso que en aquel tiempo yo creía estar «al día» en asuntos de la Guerra de Troya, dado que me encontraba escribiendo mi propia historia, *The Luck of Troy*, que termina donde Lewis empieza. Recuerdo haberle dicho que Menelao fue rey de Esparta solo gracias a su matrimonio con Helena, que era la sucesora de Tindáreo (luego de la muerte de Cástor y Polideuco), dato que Lewis desconocía pero que decidió aprovechar para los siguientes capítulos.

Me leyó el resto del fragmento en agosto de 1960, luego de nuestra visita a Grecia, y después de la muerte de Joy (su esposa). Creo que el relato egipcio fue escrito más adelante. Pero, luego de aquel año, Lewis descubrió que le era imposible imaginarse más historias ni continuar con la que estaba escribiendo. Fue debido a la sequía de su capacidad imaginativa (quizá ya no podía generar imágenes mentales) por lo que se propuso colaborar conmigo en una nueva versión de mi historia, *The Wood That Time Forgot*, que había escrito en 1950 y que Lewis siempre dijo que se trataba de mi mejor obra, si bien ningún editor quiso publicarla. Pero esto sucedió a finales de 1962 y principios de 1963, y nada pudimos plasmar de ello.

Desde luego, es imposible tener la certeza de lo que Lewis habría hecho con *Después de diez años* si hubiese logrado terminarla. Él mismo no lo sabía. Y eso que debatimos tantas posibles alternativas que ni yo mismo estoy seguro de cuál habría preferido él.

La siguiente «imagen», luego de la escena en el caballo, consistía en visualizar el aspecto de una Helena después de diez años de cautividad en la sitiada Troya. Claro que los autores clásicos como Quinto de Esmirna, Trifiodoro, Apolodoro, etc., insisten en que su belleza divina permaneció inalterada. Algunos escritores dicen que Menelao empuñó su espada para matarla luego de la caída de Troya, pero que al ver su belleza se le cayó la espada de la mano. Otros dicen que los soldados se preparaban para apedrearla, cuando Helena dejó caer su velo, y entonces los soldados soltaron las piedras y en vez de matarla la adoraron. Su belleza la eximía de todo: «A Hércules, Zeus le dio fuerzas; a Helena, la belleza, con la que ciertamente llegó a dominar hasta al más fuerte», escribió Isócrates. Pues, como le dije a Lewis, Helena regresó a Esparta junto con Menelao y no solo le tocó ser la hermosa reina que dio la bienvenida a Telémaco en la *Odisea*, sino que fue también adorada como diosa, cuyo santuario aún puede verse en Terapne, cerca de Esparta.

Sin embargo, la porción de la historia que sucede en Egipto está basada en leyendas, cuyos orígenes se deben a Estesícoro y que posteriormente desarrolló Eurípides en su obra teatral *Helena*, aquella Helena que jamás fue a Troya. En su trayecto a Troya, Helena y Paris se detuvieron en Egipto, donde los dioses fabricaron una copia de ella, un Eidolon, un personaje de aire que Paris llevó a Troya, creyendo que era la verdadera Helena. Los griegos terminaron luchando por este fantasma y Troya cayó derrotada. Cuando Menelao regresó a Esparta desde Troya (lo que le tomó tanto tiempo como a Odiseo), pasó por Egipto. Una vez allí, el Eidolon se esfumó y en su lugar encontró a la verdadera Helena, hermosa e inmaculada, y *juntos* retornaron a Esparta. (Esta leyenda inspiró a Rider Haggard y Andrew Lang para la trama de su novela romántica en torno a Helena en Egipto, que lleva por título *El deseo del mundo* —aunque se ambienta algunos años después del final de la Odisea—, obra que Lewis había leído y admiraba, aunque no la valoraba tanto como yo).

La idea que Lewis estaba desarrollando o, mejor dicho, experimentando, era una variante de la leyenda del Eidolon. «Desde dentro de la penumbra de aquella puerta» salió la hermosa Helena con quien Menelao se había casado —Helena era tan bella que tenía que ser hija de Zeus—, aquel ensueño de mujer cuya imagen había embelesado a Menelao durante los diez años de asedio a Troya, y que quedó cruelmente hecho trizas cuando descubrió a Helena en el capítulo 2. *Pero* se trataba del Eidolon: la historia girará en torno al conflicto entre la ensoñación y la realidad. Sería una evolución del tema de la obra de teatro *Mary Rose*, pero con un giro distinto: Mary Rose retorna luego de haber estado muchos años en el país de las hadas, pero regresa siendo idéntica a cuando desapareció. Su esposo y sus padres la recuerdan así y así anhelan recuperarla. Pero, una vez de regreso entre ellos, ella ya no encaja.

Menelao había soñado con Helena, la había anhelado, se había hecho una imagen idealizada de ella y había adorado a un ídolo falso que se hacía pasar por ella: en Egipto se le ofrece a Menelao aquel ídolo, el Eidolon. No creo que supiera quién era la verdadera Helena, aunque no estoy del todo seguro. Pero creo que al final debía descubrir que aquella mujer madura y desgastada, la Helena que trajo de Troya, era la verdadera, y que entre ellos había verdadero amor o, por lo menos, la posibilidad de este: aquel Eidolon habría sido una *belle dame sans merci*...

Pero, repito, en realidad no sé —y Lewis tampoco— qué habría sucedido exactamente si hubiese continuado con la historia.

Anotaciones acerca de Después de diez años

II

Alastair Fowler

Lewis mencionó en más de una ocasión las dificultades que había tenido con esta historia. Tenía una idea clara respecto a la clase de narración que deseaba escribir, a su tema y a sus personajes. Pero se le hizo imposible avanzar más allá de los primeros capítulos. Hizo lo que solía hacer en estos casos, puso lo escrito a un lado y se dedicó a otra cosa. A partir de los fragmentos que logró escribir, uno esperaría que la continuación hubiese sido un mito de gran importancia e interés general. Porque aquel oscuro interior del caballo habría podido interpretarse como un vientre materno, la salida de aquel como un nacimiento e ingreso a la vida. Lewis estaba muy consciente de este aspecto. Pero dijo que la idea del libro la provocó el breve y seductor relato en torno a la relación entre Menelao y Helena luego de haber retornado de Troya (*Odisea*, iv, 1-305). Supongo que era una idea tanto moral como literaria. Lewis quiso contar la historia del marido cornudo de tal forma que plasmase la falta de sentido de la vida de Menelao. A vista de los demás, parecería haber perdido casi todo lo que tenía de honorable y heroico; pero según él, ya tenía todo lo que valía la pena: el amor. Obviamente, para abordar así el tema necesitaba un punto de vista narrativo muy distinto del de Homero. Se hace ya evidente en este fragmento: en vez de tener una perspectiva del caballo desde el exterior, tal como vemos en el canto de Demódoco (*Odisea*, viii, 499-520), aquí se nos hace sentir algo de lo difícil que es vivir en su interior.

ACERCA DEL AUTOR

CLIVE STAPLES LEWIS (1898–1963) fue uno de los intelectuales más importantes del siglo veinte y podría decirse que fue el escritor cristiano más influyente de su tiempo.

Fue profesor particular de literatura inglesa y miembro de la junta de gobierno en la Universidad de Oxford hasta 1954, cuando fue nombrado profesor de literatura medieval y renacentista en la Universidad de Cambridge, cargo que desempeñó hasta que se jubiló. Sus contribuciones a la crítica literaria, literatura infantil, literatura fantástica y teología popular le trajeron fama y aclamación a nivel internacional.

C. S. Lewis escribió más de treinta libros, lo cual le permitió alcanzar una enorme audiencia, y sus obras aún atraen a miles de nuevos lectores cada año. Sus más distinguidas y populares obras incluyen *Las crónicas de Narnia*, *Los cuatro amores*, *Cartas del diablo a su sobrino* y *Mero cristianismo*.